R.L. STINE

MIS PADRES ALIENÍGENAS

R.L. STINE

MIS PADRES ALIENÍGENAS

Traducción de Carlos Abreu

B DE BLOK

Barcelona • Madrid • Bogotá • Buenos Aires • Caracas • México D. F.
Miami • Montevideo • Santiago de Chile

Título original: *My Alien Parents*
Traducción: Carlos Abreu
1.ª edición: mayo 2013

© 2000 Parachute Press
© Ediciones B, S. A., 2013
  para el sello B de Blok
  Consell de Cent 425-427 - 08009 Barcelona (España)
  www.edicionesb.com

Publicado originalmente en los Estados Unidos por Amazon Publishing 2012.
Esta edición se publica por acuerdo con Amazon Publishing.

Printed in Spain
ISBN: 978-84-15579-41-0
Depósito legal: B. 8.427-2013

Impreso por Bigsa
Av. Sant Julià 104-112
08400 - Granollers

INTRODUCCIÓN

POR R. L. STINE

¿Alguna vez has pensado que tus padres son tan raros que tal vez vengan de otro planeta?

Cuando yo era niño, jamás me imaginé que mis padres pudieran ser extraterrestres, porque no tenían nada de raros. Me parecían las personas más aburridas del mundo porque hacían las mismas cosas todos los días, de la misma manera.

Cada mañana, mi madre nos preparaba el mismo desayuno a mi hermano Bill y a mí. Nos daba un vaso de mosto. Luego nos daba tostadas con dos huevos escalfados, copos de maíz azucarados y una taza de Nesquik.

Sí, era un desayuno abundante. ¿Crees que no estábamos hartos? Pues sí, lo estábamos. Pero daba igual. Ese era nuestro desayuno; siempre el mismo.

Cuando yo abría mi tartera en el cole a la hora del almuerzo, me encontraba todos los días la misma comida dentro: un sándwich de pan blanco con jamón dulce, una bolsita de patatas fritas, una manzana y un termo con leche.

Todos los días el mismo almuerzo.

Por la noche, a mi padre le gustaba llevarnos a pasear en coche. Nos apretujábamos en nuestro Chevy destartalado y arrancábamos, siempre en la misma dirección. Mi padre hacía siempre el mismo recorrido. Nunca iba por una calle o carretera distinta.

Un día, mi padre y yo, los dos solos, nos dirigíamos hacia casa cuando topamos con un atasco muy grande.

—Papá —dije—, ¿por qué no giras aquí y tomamos un desvío para no quedarnos atrapados en el tráfico?

—Es que yo siempre sigo esta ruta para ir a casa.

Mis padres no eran alienígenas. Simplemente eran aburridos.

Los únicos seres de otros planetas que veíamos mi hermano y yo eran los de las películas. Dos de los filmes que más nos gustaban eran *Llegó del más allá* y *La tierra contra los platillos voladores*.

En estas historias, los extraterrestres eran monstruos o invasores malvados. Siempre llegaban a la Tierra con la intención de luchar y destrozarlo todo. El único motivo por el que venían los alienígenas era para conquistarnos y apoderarse de nuestro mundo.

A nadie se le había ocurrido rodar una película sobre extraterrestres buenos. Ninguno de los personajes terrícolas se esforzaba por entender a los visitantes o por ayudarlos a comprendernos.

Una de nuestras películas de terror favoritas se titulaba *La guerra de los mundos*. Estaba basada en una novela clásica de H. G. Wells. Empieza con un platillo volante gigantesco que aterriza en nuestro planeta. Los marcianos han venido a hacernos una visita.

En cuanto asoman sus cabezas de formas extrañas, los humanos empezamos a dispararles. Entonces ellos nos lanzan sus rayos láser marcianos. Hay un montón de tiros, gritos y destrucción. Finalmente, el ejército de Estados Unidos es movilizado para combatir a los marcianos y acabar con ellos.

Al final, una película cambió para siempre la imagen de los alienígenas. Esa película era *E. T.*

Las letras E. T. significan «extraterrestre». E. T. es un ser de otro planeta muy mono, bondadoso y adorable. Cuando tres niños lo encuentran solo y tembloroso en su patio trasero, lo esconden en casa para protegerlo.

Los compañeros alienígenas de E. T. se han marchado sin él, dejándolo solo en la Tierra, asustado y desesperado por encontrar la forma de volver a su planeta.

Al principio, los niños lo tratan como a una mascota. Le enseñan a hablar su idioma. Le muestran cómo vivimos. Pronto llegan a considerarlo un amigo especial.

Después de *E. T.*, los extraterrestres de las películas ya no eran siempre monstruos o perversos asesinos de terrícolas. Sus intenciones podían ser buenas o malas.

Hace un tiempo, yo mismo escribí un relato sobre alienígenas. Publicado en la serie Pesadillas 2000, estaba dividido en dos partes y se titulaba *La invasión de los estrujadores*. En estos libros, hice un homenaje a las películas sobre alienígenas que había visto de niño y convertí a los extraterrestres en seres graciosos.

Pero siempre he soñado con conocer a un alienígena real y vivo, alguien que sea totalmente distinto de todo lo que hayamos imaginado. Alguien que tenga un aspecto diferente del nuestro, que no piense como nosotros y que proceda de un mundo del que no sepamos nada.

Un día pensando en seres de otros mundos recordé que mis padres siempre hacían las mismas cosas una y otra vez. Entonces me pregunté:

¿Y si un chico tuviera padres como los míos, y estos de pronto empezaban a comportarse de manera distinta? ¿Y si les daba por hacer y decir cosas que no debían? ¿Y si se les olvidaba lo que le gustaba o no le gustaba al chico, lo que debían prepararle para el desayuno?

¿Qué pensaría él? Se asustaría un poco, ¿no?

Y así fue como se me ocurrió la idea de escribir *Mis padres alienígenas*.

RL Stine

CAPÍTULO 1

—¡Rob, despierta! ¡Estoy haciendo el desayuno! —La voz de mamá me llegó flotando desde la planta baja.

Sobresaltado, abrí los ojos, pestañeé y me incorporé de golpe. Miré mi radio despertador con los párpados entornados. Solo eran las ocho.

«¿A qué viene esto? —me pregunté—. Mamá siempre me deja dormir hasta tarde los sábados.»

—¡Rob, ya he puesto los huevos a calentar! —gritó ella.

—Está bien, está bien —refunfuñé—. ¿Por qué tanta prisa? —Tal vez ya hayáis adivinado que no me gusta nada madrugar.

Bostecé y me froté los ojos. Luego apoyé los pies en el suelo. Se me empezó a aclarar la vista.

—Eh ¿qué hace eso ahí? —exclamé.

El póster grande que estaba pegado en la pared, encima de mi mesa, ¿cómo había llegado allí? ¿Y qué grupo de rock era ese?

Me levanté de un salto. Alisándome el pantalón del pijama, me acerqué al póster, dando traspiés. Contemplé las feas caras de los miembros del grupo con los párpados entrecerrados.

¿Medianoche Triste?

¿Por qué habían colgado mis padres un póster de Medianoche Triste en mi habitación? ¡Es un grupo para pringados! Mamá y papá saben que no me gusta esa música cursi.

Mis padres habían estado hablando de cambiar la decoración de mi habitación ahora que yo había cumplido diez años. ¡Pero se suponía que yo debía elegir los pósters, no ellos!

Me vestí a toda prisa. Me puse los mismos vaqueros y la misma camiseta que el día anterior.

«Medianoche Triste —pensé, furioso—. Son absolutamente penosos. Qué sorpresa tan desagradable.»

En ese momento yo no sabía, naturalmente, que el póster solo era la primera de las muchas sorpresas aterradoras que me esperaban ese día.

CAPÍTULO 2

—Buenos días, Rob.

—Buenas —le respondí con un gruñido a mi madre, que estaba de espaldas a mí. Se encontraba de pie frente a los fogones, vestida ya con pantalones caqui y una sudadera azul. Su cabellera rubia estaba despeinada y llena de rizos.

Pasaba su peso de un pie a otro, esperando a que los huevos se cocieran.

—¿Has dormido bien?

—Sí, normal —murmuré—. Pero ¿a qué viene ese póster? ¿De dónde ha salido?

—¿Qué poster? —preguntó sin volverse.

—Ese tan vomitivo que me habéis colgado en la pared —dije—. Odio ese grupo. Son malos con ganas.

Mamá bostezó.

—¿Podemos dejar eso para más tarde? Por ahora, tengamos el desayuno en paz, ¿te parece?

—Sí. De acuerdo —gruñí—. Pero hay que quitar ese póster cuanto antes. ¡Si alguno de mis amigos lo ve, me torturará! ¡Le contará a todo el colegio que me va el rock para pringados!

—Como quieras —respondió ella. Estaba concentrada en los huevos. Creo que ni siquiera me escuchaba.

Extendió una mano, sacó dos rebanadas de pan del tostador y las colocó en un plato, una encima de otra.

—¿Quieres que te ayude? —pregunté.

—No. Tú siéntate. Los huevos están listos. —Levantó la olla del fogón para llevarla a la mesa del desayuno. El vapor que salía del cazo le empañó las gafas—. ¡Vaya! —dijo—. No veo nada.

Dejó la olla sobre la encimera azul y se quitó las gafas. Se puso a limpiarlas con papel de cocina. Se las puso de nuevo y clavó los ojos en mí.

Fue el primer indicio de que algo no iba bien. La primera sensación extraña que tuve.

El primer cosquilleo de miedo.

Se ajustó las gafas sobre la nariz y me lanzó una mirada que yo nunca había visto en ella.

No era una mirada fría, pero tampoco cálida. Desde luego no era la mirada con que solía darme los buenos días.

¿Me estaba imaginando cosas?

Creo que no.

La miré fijamente a la cara, cada vez más nervioso.

A veces mamá me daba un buen repaso visual por la mañana. Era una especie de inspección.

Se aseguraba de que no tuviera legañas, de que me hubiera peinado y me hubiera lavado la cara.

Pero aquella mirada era diferente.

Muy diferente.

Me miraba como si fuera la primera vez que me veía.

CAPÍTULO 3

Los dos apartamos la vista a la vez.

Ella cogió el cazo y el plato con las tostadas y se encaminó hacia mí. Los dejó sobre la mesa. Sacó dos huevos con una pala de servir y comenzó a bajarlos hacia las tostadas.

—Mamá ¡sabes que odio los huevos escalfados! —exclamé con una voz más quejumbrosa de lo que hubiera querido. Supongo que seguía molesto por aquel horrible póster y por la mirada tan rara que ella acababa de lanzarme.

Y ahora estaba allí, sirviéndome el tipo de huevos que menos me gustaba.

—Rob, ¿me estás diciendo que odias los huevos escalfados? —Se quedó de pie, con la pala a medio camino y la boca abierta por la sorpresa.

Pero ¿cómo podía estar tan sorprendida? Lleva diez años preparándome el desayuno.

Sabe que solo me gustan los huevos revueltos, y únicamente cuando están secos y muy hechos.

¡Sabe que detesto los huevos húmedos y blanduzcos! Sabe que aborrezco esos asquerosos huevos escalfados con la yema que se derrama por todo el plato como si estuviera cruda.

—Lo... lo siento —tartamudeó. Se dispuso a llevarse el plato—. ¿Preferirías unos huevos revueltos?

—¡Claro! —grité. Ahora fui yo quien le dirigió una mirada extraña—. ¿Te encuentras bien?

Se acercó a la encimera pisando fuerte y colocó sobre ella el plato con los huevos escalfados. Luego abrió la nevera y sacó dos huevos nuevos.

—De acuerdo. Revueltos —dijo entre dientes—. Parece que va a llover. ¿Quieres un chocolate caliente?

—Pues claro —farfullé.

Tomo chocolate caliente todas las mañanas, llueva o haga sol, sea invierno o verano.

—Haz el favor de no hablarme así, Rob —espetó—. No soy tu criada.

—Lo siento —murmuré.

Me dio la espalda de nuevo y comenzó a preparar los huevos revueltos.

Los adultos son de lo más extraños. Hay mañanas en que se levantan animados y de buen humor, pero hay otras en que están a la que saltan y ni siquiera se acuerdan de lo que les gusta desayunar a sus hijos.

—¡Buenos días a todos! ¿Qué hay? —nos saludó papá. Desde luego parecía muy contento.

Por lo general no dice una palabra hasta que se toma su primer café. Pero aquella mañana tenía una gran sonrisa en los labios y olía a loción para después del afeitado.

¿Desde cuándo se afeitaba los sábados por la mañana? Los fines de semana suele ir todo desaliñado.

Se acercó a la mesa del desayuno y, cuando me vio, su sonrisa desapareció.

—Buenos días, Rob.

Volví a tener una sensación desagradable.

Él me miraba de arriba abajo, con la misma expresión con que me había mirado mamá. Como si nunca me hubiera visto.

—¿Por qué te has afeitado hoy, papá? —pregunté.

Apartó la mirada de mí y se dirigió hacia la encimera.

—Me gusta ir arreglado siempre —dijo—. Ya lo sabes, Rob.

Bajó la vista a mi plato con los huevos escalfados.

—Eh, ¿de quién son?

—¿Los quieres? —le preguntó mamá—. Son de Rob. Dice que no le gustan los huevos escalfados.

Papá se volvió hacia mí y me dedicó otra mirada extraña.

—Por supuesto. Me los comeré yo. Todavía no se han enfriado.

Llevó el plato a la mesa y se sentó junto a mí. Era el sitio de mamá. Él nunca se sentaba allí, sino frente al extremo de la mesa.

Además, tampoco le gustaban los huevos escalfados. De hecho, los detestaba tanto como yo.

Pero ahora los devoraba con gran apetito, relamiendo y chupándose los dedos, como si fuera su plato favorito.

«¿De qué va todo esto? —me pregunté—. ¿Están gastándome algún tipo de broma mis padres? No. No es el día de los inocentes.

»No es una broma.

»¿Qué está pasando?»

CAPÍTULO 4

Tenía que decir algo. No podía fingir que no pasaba nada.

—Oye, papá, ¿de verdad vas a comerte eso? —pregunté con cara de asco.

—Está buenísimo —dijo. Se limpió la yema que tenía en la barbilla con una servilleta—. No sabes lo que te pierdes, Rob.

—Pero, papá —empecé a protestar.

Mamá me interrumpió cuando se acercó con mis huevos revueltos.

—Ya les he puesto sal —me dijo. Esto también era extraño. Ella sabía que me gustaba poner sal a mis huevos yo mismo.

—¿Un café, querido? —le preguntó a papá.

—No, gracias —respondió él, rebañando lo que

quedaba de los huevos escalfados con un pedazo de tostada.

¿«No, gracias»?

—Pero, papá. Tú bebes café todas las mañanas —dije en voz demasiado alta—. Siempre te tomas dos.

Él arrugó la frente. Parecía confundido. Me dedicó otra mirada extraña.

—Pues, esto... —Intentó pensar una respuesta—. Supongo que hoy no me apetece tomar café. ¿Y tú por qué haces tantas preguntas? —Se volvió hacia mamá.

Vi que ella se encogía de hombros.

Seguramente diría: «No sé qué mosca le ha picado al chico, pero me tiene un poco mosca.» Era una de sus frases favoritas. Le parecía muy graciosa.

Sin embargo, esta vez no lo dijo.

En vez de ello, cogió una caja de copos de maíz y se sirvió un buen tazón de ellos.

—Vamos, mamá. ¿Qué está pasando aquí? —exigí saber—. Tú nunca desayunas. Jamás te he visto desayunar.

Soltó un chillido y el bol le resbaló de entre las manos. Rebotó en la mesa y se hizo añicos en el suelo. Los copos de cereales se esparcieron sobre las baldosas.

Ella se volvió rápidamente, enfadada.

—¡Rob, mantén la boca cerrada durante un rato! —gritó—. Danos un descanso a papá y a mí. Deja de cuestionarlo todo.

—Lo siento —farfullé, bajando la vista hacia los huevos revueltos—. Caray.

¿Por qué se había puesto tan histérica?

El que tenía motivos para ponerme histérico era yo: mis padres estaban comportándose como bichos raros aquella mañana.

Papá se acercó para ayudar a mamá a recoger los copos de maíz. Vi que cuchicheaban entre sí en el suelo, lanzándome miradas.

Noté una sensación rara en el estómago. De pronto tuve frío. Mucho frío. No me gustaba que hablaran de mí en susurros.

¿Qué estarían diciendo?

CAPÍTULO 5

—Eh, ¿dónde está *Mordiscos*? —pregunté—. No hace falta que recojáis los cereales. *Mordiscos* lo hará por vosotros.

Mordiscos es nuestro perro. Es un chucho grande y torpe que se come todos los restos que encuentra en el suelo.

Mamá y papá se pusieron en pie de un salto. Ambos me miraron con severidad.

—¿*Mordiscos*?

—Sí. ¿Dónde está? —pregunté. Me puse a llamarlo—: ¡*Mordiscos*! ¡Eh, *Mordiscos*!

—Eh... *Mordiscos* ha salido —dijo papá, volviéndose hacia mamá.

—Exacto. Así es —se apresuró a confirmar ella—. Fuera. El perro está fuera.

—¿Sin correa ni nada? Ya sabéis que los vecinos siempre se quejan —dije.

No les creí. Jamás dejan que *Mordiscos* salga solo. Estaban mintiendo. Incluso tenían cara de estar mintiendo.

Pero ¿por qué?

Un escalofrío me bajó por la espalda.

—¿Le ha pasado algo a *Mordiscos*? ¿Está bien? —pregunté con voz débil—. ¿Se ha muerto *Mordiscos* y os da miedo decírmelo?

Se me hizo un nudo en la garganta. *Mordiscos* era mi único perro. Lo teníamos desde que era un cachorrito. Y yo lo quería.

—*Mordiscos* está estupendamente —aseguró mamá. Miró a papá de reojo otra vez—. Rob, ¿te encuentras bien? Estás hecho un angustias hoy.

—Tu madre tiene razón —dijo papá muy serio—. Si sigues preocupándote tanto por todo, no vivirás mucho.

Algo en el modo en que dijo esto me provocó otro escalofrío.

«No vivirás mucho.»

¿Por qué sonaba tanto a amenaza?

CAPÍTULO 6

Me esforcé por tranquilizarme. Me estaba dejando llevar demasiado por la imaginación. Papá no lo decía en serio. No era más que una forma de hablar.

Pero ¿por qué me miraba de un modo tan severo, casi amenazador? ¿Por qué parecían tan furiosos y disgustados los dos?

—No... no puedo terminarme los huevos —dije—. Voy afuera a buscar a *Mordiscos*.

—¡No! —exclamó mamá, en voz tan alta que me sobresaltó.

Papá me aferró el hombro con una mano. Me sujetaba con mucha firmeza.

—Quédate y tómate tu chocolate caliente —dijo con suavidad y me pasó la taza—. *Mordiscos* volverá antes de que empiece a llover.

Me dio un apretón fuerte en el hombro. Luego se dejó caer en su silla o, mejor dicho, en la de mamá.

Ella estaba de pie frente al fregadero, con el bol en la mano, llevándose a la boca cucharadas de cereales. Nunca la había visto desayunar antes. Tampoco la había visto comer de pie frente al fregadero.

Siempre comía despacio, masticando con calma. ¿Por qué estaba engullendo esos copos de maíz como si llevara meses sin probar bocado?

—¿Qué vas a hacer esta mañana, querido? —le preguntó a papá.

—Quiero ir a la tienda a comprar madera. Luego trabajaré un poco en el sótano —dijo papá—. Tal vez empiece a construir esa estantería para el estudio.

La taza se me cayó de las manos, y el chocolate caliente se derramó sobre la mesa y sobre mis rodillas.

—¡AY! —Me levanté de un brinco, haciendo que mi silla saliera despedida hacia atrás y cayera al suelo con gran estrépito.

—¡Mira lo que has hecho! —chilló mamá—. ¡Échate hacia atrás! ¡Apártate!

—Lo siento —me apresuré a decir.

¿A qué venía tanto alboroto? Solo había derramado mi chocolate. Ella no tenía por qué perder así los papeles, ¿o sí?

Me aparté de la mesa. Tenía los vaqueros empapados.

—Voy arriba a cambiarme —dije.

—Buena idea —opinó papá, con el ceño fruncido, sacudiendo la cabeza.

Se pusieron a cuchichear de nuevo. Giré sobre los talones y corrí escaleras arriba hasta mi habitación. Cerré la puerta detrás de mí y subí a mi cama de un salto.

Mi mente iba a cien por hora, pensando toda clase de cosas absurdas.

No sabía qué estaba ocurriendo, pero de una cosa estaba seguro.

Aquellas dos personas que estaban abajo NO eran mis padres.

CAPÍTULO 7

No eran imaginaciones mías. Aquellas dos personas eran distintas, distintas de mis padres en casi todos los sentidos.

Nada en ellos era normal. No hablaban como mis padres, y desde luego no se comportaban como mis padres.

Mi padre era la persona menos habilidosa del mundo. Mamá le había comprado un banco de trabajo con el fin de gastarle una broma. Él nunca lo había utilizado, excepto una vez, para poner trastos inútiles encima.

Mi padre apenas sabía atarse los cordones de los zapatos. ¡Era imposible que supiera construir una estantería!

Por lo tanto... ese hombre no era mi padre. Las dos personas de la cocina no eran mis padres.

Me vino a la mente la imagen de mi madre falsa, en

la planta de abajo, comiendo copos de maíz frente al fregadero. Mi madre de verdad jamás había hecho cosa parecida.

No era mi madre. Ellos no eran mis padres.

Ahora entendía por qué ella no había sabido cómo me gustaban los huevos para el desayuno. Entendía por qué se habían quedado mirándome como si nunca me hubieran visto antes.

Y es que en realidad nunca me habían visto antes. Eran unos padres nuevos. Unos padres impostores.

Empezó a temblarme todo el cuerpo. Me acurruqué bajo las mantas, pero eso no me sirvió de consuelo.

¿Dónde estaban mis padres de verdad?

Noté que los ojos se me llenaban de lágrimas. Me los froté para secarlos. Estaba decidido a no echarme a llorar. No quería que esas personas que estaban abajo me oyeran. No quería que supieran que había descubierto la verdad sobre ellos.

De pronto, me acordé de una película de terror que había visto por la tele. Un puñado de seres de otro planeta llegaba y ocupaban el cuerpo de terrícolas de verdad. Todos los humanos tenían el mismo aspecto de antes, pero no eran los mismos. En realidad, eran alienígenas.

¿Era eso lo que les había ocurrido a mis padres?

Yo seguía temblando como una hoja. Me abracé a mí mismo para dejar de temblar.

Tenía que aclarar mi mente. Tenía que pensar, concentrarme más que nunca, sobre todo si iba a enfrentarme a visitantes del espacio exterior.

Después de ver la película sobre los extraterrestres, le había preguntado a mi padre por qué nadie llamaba a la policía.

Nadie llama a la policía en las pelis de miedo. Siempre intentan luchar por su cuenta contra los extraterrestres.

«Yo seré más listo —decidí—. Llamaré a la policía antes de nada. Les contaré que unos alienígenas se hacen pasar por mis padres.»

Un momento.

¿Me creerían? No. Por supuesto que no.

Tenía que convencerlos. Necesitaba pruebas.

Pruebas.

Me levanté de la cama y cogí una libreta pequeña y amarilla de mi escritorio.

Mi plan era espiar a los dos extraterrestres que estaban abajo.

«Tomaré notas detalladas —decidí—. Anotaré todo lo que hagan de forma diferente que mis padres de verdad.»

Después, cuando tuviera una lista larga y convincente, llamaría a la policía para denunciarlos.

Era un buen plan.

Me hizo sentir un poco mejor.

Pero entonces pensé en *Mordiscos* y me entraron ganas de llorar de nuevo.

Tal vez a estos alienígenas les daban miedo los perros, o quizás eran alérgicos, y por eso habían tenido que deshacerse de *Mordiscos*.

¡Tal vez se lo habían comido!

Abrí la libreta y escribí: «RAZONES POR LAS QUE MIS PADRES SON ALIENÍGENAS DEL ESPACIO EXTERIOR.»

Debajo añadí: «Pregunta número uno: ¿Dónde está *Modiscos*?»

Estaba tan nervioso, triste y asustado que me dejé la «r» de *Mordiscos*. Taché el nombre y lo escribí de nuevo.

Me cambié los pantalones rápidamente.

Bajé las escaleras sigilosamente, libreta amarilla en mano, listo para espiar a los dos alienígenas.

Listo para obtener las pruebas que necesitaba.

CAPÍTULO 8

Mamá estaba sentada a la mesa de la cocina, sola. Miraba por la ventana, tomando sorbos de café.

Me apresuré a anotar eso en mi libreta. Mi madre real solo bebía té, y ni siquiera té de verdad, sino infusiones de hierbas.

—¿Dónde está papá? —pregunté. Aunque intenté hablar en un tono normal, la voz me salió un poco temblorosa.

Ella me dedicó una sonrisa, una sonrisa como las de siempre.

—Ha ido a comprar la madera para las estanterías. Regresará dentro de un rato. —Se volvió de nuevo hacia la ventana. El cielo estaba gris y oscuro.

Saqué la libreta y escribí: «Papá ha ido a por madera.» Mi padre de verdad no había ido en su vida a una tienda de madera. ¡Seguramente ni siquiera sabía que la madera procede de los árboles!

—¿Ha regresado *Mordiscos*? —pregunté.

Ella frunció el ceño y me miró con severidad.

—Aún no —respondió. Bebió un trago largo de café—. ¿Qué escribes en esa libretita?

Ya estaba preparado para esa pregunta.

—Son deberes —aseguré—. Se supone que debo anotar todo lo que haga este fin de semana.

Ella soltó una risita.

—¡Pues entonces más vale que hagas algo interesante de verdad! Por lo general te pasas toda la mañana del sábado sentado en el sofá viendo dibujos animados. Eso no da para una redacción interesante.

Escribí sus palabras. Yo NUNCA veo los dibujos animados del sábado por la mañana, desde hace al menos dos años.

Mi madre real lo sabría.

—¿Qué tal está tu café? —pregunté.

—Un poco aguado. —Contempló la taza bajando las cejas—. Me gusta mucho más fuerte.

—Pero si siempre bebes té —dije.

Ella dejó caer la taza sobre el plato, enfadada, y puso cara de exasperación.

—¡Rob, por favor! ¿Quieres dejarme en paz? Esta mañana me estás volviendo loca, y mi paciencia tiene un límite.

¿Qué? ¿Otra amenaza?

«Mi paciencia tiene un límite.»

«No vivirás mucho.»

Ahora los dos habían lanzado amenazas muy claras contra mí.

Me temblaban las piernas mientras me retiraba de la cocina. Garabateé las dos amenazas a toda velocidad en mi libreta.

«Tal vez debería huir —pensé—. Tal vez corra un grave peligro.»

Si sus amenazas eran reales...

Sentí un escalofrío. Me pregunté hasta dónde podría llegar, cuánto conseguiría alejarme antes de que ellos me pillaran y me trajeran de vuelta.

«No puedo marcharme —decidí—, hasta que haya reunido pruebas, pruebas sólidas de que no son mis padres verdaderos.»

CAPÍTULO 9

Sonó el timbre. Corrí hasta la puerta principal y la abrí de un tirón. Al otro lado estaba Andrew, mi mejor amigo.

—¿Te apetece hacer algo? —preguntó.

—Entra, deprisa —susurré.

Andrew vive en la casa de al lado. Aunque es un año más joven que yo, es mi mejor amigo.

Me cae bien porque es muy payaso. Le gusta contar chistes y siempre está a punto para gastar alguna broma o simplemente para hacer locuras.

Me alegré mucho de verlo. Tenía que contarle mi historia a alguien. Sabía que Andrew era lo bastante bobo para creerme.

—¿Quién es? —Mamá se acercó despacio desde la cocina, con su taza de café entre las manos—. Ah, hola, Andrew.

—Hola, señora Herbert —saludó Andrew.

—¿Has venido a jugar con Rob? —Lo miró de arriba abajo, tal como me había examinado a mí antes.

Andrew asintió.

—Qué bien. A Rob le vendría bien un poco de compañía hoy —comentó mamá—. Ha estado portándose de un modo un poco extraño.

—Esto Andrew y yo vamos a subir a mi habitación —dije, tirándolo del brazo. Me moría de ganas de hablarle de mi problema. Necesitaba su ayuda, desesperadamente.

—Si quieres, puedes quedarte a comer, Andrew —gritó mamá mientras subíamos por la escalera. Su invitación fue lo bastante rara para anotarla en la libreta. Ella nunca quiere que Andrew almuerce con nosotros porque siempre hace el tonto con la comida.

Cuando llegamos a mi habitación, cerré la puerta y eché el cerrojo.

Andrew no se percató de que yo estaba nervioso y alterado. Se dirigió hacia mi estantería y sacó un libro sobre estrellas del deporte. Se sentó en mi cama y comenzó a hojearlo.

—Oye, Andrew, ¿desde cuándo te van los deportes? —pregunté. Nunca quiere jugar partidos o ver deportes por la tele.

No levantó la vista del libro.

—Andrew —insistí.

Al final alzó la mirada.

—Perdona. Es un libro genial. Lo vi en una librería. No sabía que tú tenías uno.

—¿Quieres hacer el favor de dejarlo? —dije con impaciencia—. Tengo que hablar contigo.

¿Qué mosca le había picado? Nunca se había emocionado tanto por un libro, y menos aún por uno que tratara de deportes.

—¿Qué hay? —preguntó sin dejar de mirar el libro. Me abalancé hacia él y se lo arrebaté de las manos—. ¡Eh, no hagas eso! —gritó, muy enfadado.

Se levantó y alzó los puños, como si quisiera pelear.

—¿Qué pasa contigo? —quise saber—. ¿Te has vuelto loco? ¡No sabes pelear! Eres un debilucho de aúpa, ¿es que no lo recuerdas?

—Solo quería echar un vistazo al libro —dijo, tranquilizándose un poco.

—Perdona —dije, devolviéndoselo—. Es que tengo algo importante que decirte. Verás —Entonces se me ocurrió algo—. Andrew, ¿has visto a *Mordiscos* fuera?

Se dejó caer de nuevo en la cama.

—¿A quién?

—Ya sabes. A *Mordiscos*.

Se quedó mirándome.

—Vamos, Andrew. *Mordiscos*, mi perro.

—¿Tienes un perro? —Clavó los ojos en mí, como si me hubiera vuelto loco o algo parecido—. Vaya. Qué guay, Rob. ¿Desde cuándo lo tienes?

CAPÍTULO 10

¿No sabía que había tenido a *Mordiscos* toda la vida?

Solté un grito ahogado de susto cuando comprendí lo que ocurría.

Los alienígenas se habían apoderado de mi amigo también. Ese no era Andrew. No podía ser él.

Andrew conocía a *Mordiscos*. Lo había visto mil veces. Siempre había que encerrar a *Mordiscos* en la habitación cuando Andrew me visitaba, porque el perro le daba miedo.

Me acerqué a mi amigo y lo miré fijamente a los ojos, intentando encontrar al extraterrestre en su interior.

Me apartó de un empujón.

—Déjame en paz, Rob.

—No me empujes —dije con brusquedad. La furia que me había invadido me sorprendió.

Fue como si algo estallara dentro de mí. Aquello era demasiado terrorífico, demasiado espantoso. Me sentía asustado, solo, traicionado.

Cuando me di cuenta, había saltado sobre el falso Andrew y había comenzado a propinarle puñetazos.

—¡Basta! ¡Basta, Rob! ¡Quítate de encima de mí! —gritó Andrew. Intentó hacerme a un lado, pero yo pesaba demasiado.

Lo golpeé una y otra vez, con todas mis fuerzas, gruñendo en voz muy alta.

—¿Qué diablos pasa aquí?

¡Mi madre estaba al otro lado de la puerta!

La aporreó, haciéndola chocar contra el marco. Intentaba entrar, pero yo había echado el cerrojo.

—¡Déjame entrar ahora mismo! —bramó.

—¡Señora Herbert, ayúdeme! ¡Me está dando una paliza! —chilló Andrew. Tenía la cara roja, y una mejilla se le había hinchado ya a causa de mis golpes.

Me aparté de él. Me sentía mareado, confundido.

En cuanto se vio libre, Andrew se precipitó hacia la puerta y descorrió el cerrojo.

La puerta se abrió de golpe.

Andrew bajó las escaleras llorando.

—¡Está chiflado! —gritaba—. ¡Está completamente loco! ¡No pienso volver aquí jamás!

—Andrew —lo llamó mi madre falsa, pero oímos que daba un portazo tras salir de la casa.

Mi madre se volvió hacia mí.

—¿Qué pasa contigo? —exigió saber, lanzándome una mirada furiosa—. Andrew es tu mejor amigo.

—No, no lo es —refunfuñé.

—Más te vale que me expliques qué ha pasado aquí —dijo—. ¿A qué ha venido esa pelea?

—No te lo pienso decir —repuse, cruzando los brazos sobre mi pecho—. ¡Fuera! ¡Vete de aquí!

Ella suspiró y alzó los brazos en un gesto de resignación.

—Me doy por vencida. Quédate en tu cuarto hasta que regrese tu padre. Entonces nos ocuparemos de ti, ¿me has oído?

Le di la espalda y no respondí. La oí bajar las escaleras pisando con fuerza.

¿A qué se refería con eso de «entonces nos ocuparemos de ti»?

Una tercera amenaza.

La más temible de todas.

«Entonces nos ocuparemos de ti.»

¿Qué se proponían? ¿Matarme? ¿Devorarme? ¿Convertirme en un alienígena como ellos?

Ahora sabía lo que tenía que hacer.

Alejarme de allí cuanto antes.

Tal vez era mi última oportunidad.

CAPÍTULO 11

Cogí mi libreta amarilla y anoté rápidamente las pruebas nuevas. Acto seguido, saqué todo el dinero que guardaba oculto bajo la cómoda.

Me puse una sudadera encima de la camiseta, y bajé los escalones de puntillas hacia la puerta principal.

Al pie de la escalera me topé con mi padre.

—No salgas, Rob. Está empezando a llover. —Clavó los ojos en mí. Mi padre de verdad nunca me miraba así.

—Solo voy a la casa de al lado —mentí—. Tengo que pedirle disculpas a Andrew.

—Antes ayúdame a bajar la madera al sótano —me pidió.

Vi que no tenía elección.

Dejé mi libreta amarilla en la silla del vestíbulo y salí tras él en dirección al coche.

Él cargó con los tablones, yo con las tablas más cortas. Pesaban bastante, así que tuvimos que hacer varios viajes. Apilamos la madera contra una pared, junto al banco de trabajo.

Miré alrededor. Habían ordenado el sótano. Todos los trastos estaban colocados en los estantes. Las herramientas de mi padre estaban colgadas en su sitio en la pared, al lado del banco.

¿Cuándo había ocurrido esto?

—Caray —dije—. Habéis limpiado esto a fondo.

Mi padre se quedó mirándome, desconcertado.

—¿Disculpa?

—¿Cuándo habéis ordenado el sótano? —pregunté—. Estaba todo patas arriba.

—Pues, ¿eh?, no lo recuerdo. —No me quitaba la vista de encima. Tenía una expresión de incomprensión absoluta en los ojos. Era como si no supiera de qué estaba hablando.

«Tengo que huir cuanto antes —decidí—. He de conseguir ayuda.

»No recuerda haber ordenado el sótano porque no vive aquí. Es un impostor. ¡Un farsante!

»¡Es un alienígena!»

—Bueno, nos vemos luego, papá —dije, intentando parecer tranquilo—. Tengo que ir a la casa de Andrew.

Corrí escaleras arriba tan deprisa como pude, subiendo los escalones de dos en dos. Al cabo de unos segundos estaría fuera, alejándome de aquellos seres temibles que en realidad no eran mis padres.

—Alto ahí, jovencito.

¡Mi madre alienígena!

Me obstruía el paso en lo alto de la escalera. Tenía el rostro tenso de rabia y una mirada feroz.

—¡Frank, Frank! —llamó a mi padre alienígena—. Sube enseguida. Tenemos un problema.

En una mano sujetaba con fuerza mi libreta amarilla.

CAPÍTULO 12

Con un grito de terror, intenté rodearla.

Pero ella me aferró por los hombros y me arrastró hasta el pasillo.

Forcejeé para intentar zafarme, pero ella era demasiado fuerte para mí. Papá subió la escalera corriendo.

—¿Qué ocurre? —preguntó sin aliento.

—Ten —dijo ella, poniéndole la libreta en las manos—. Lee esto.

Papá la abrió y leyó las notas que yo había escrito en la primera página.

Alzó la vista hacia mí. Parecía muy disgustado.

Continuó hojeando la libreta. Echó un vistazo rápido a mi lista. Luego la tiró sobre una silla.

—Tenemos un problema —me dijo con mucha suavidad—. Un problema grave.

—Esto no funciona —declaró mamá sin soltarme los hombros.

—Será mejor que los llames —le dijo papá.

Me temblaba todo el cuerpo.

—¡NO! —grité—. ¡NO! Tenéis que dejar que me vaya. He descubierto la verdad sobre vosotros. ¡Lo sé todo!

En un arrebato de energía, logré liberarme de mamá. Me alejé a toda prisa por el pasillo.

Abrí la puerta de la calle y prácticamente salí disparado de la casa. Atravesé el patio delantero a toda velocidad.

—¡Para, Rob! ¡Vuelve!

Papá corría sobre el césped, ganándome terreno. Yo alcanzaba a ver su sombra sobre la hierba.

Hice un esfuerzo por acelerar.

Pero su sombra avanzaba más deprisa. Creció más y más hasta que...

...la sombra pareció engullirme.

Papá me hizo un placaje desde atrás.

Mis piernas dejaron de sostenerme. Caí de bruces sobre el césped mojado.

Papá me sujetaba por la cintura, inmovilizándome.

—Te tengo —me susurró al oído.

CAPÍTULO 13

Papá me arrastró de vuelta a casa.

Vi que mamá ya estaba hablando por teléfono. Hablaba atropelladamente, tensa, enrollando el cable del teléfono en torno a sus dedos.

¿A quién había llamado?

No oía lo que decía, pero parecía muy nerviosa, muy alterada.

Unos minutos más tarde, una furgoneta verde se detuvo frente a la casa. Un hombre con un uniforme verde y una gorra verde se acercó a la puerta.

—¿Han llamado al servicio de urgencia? —preguntó el hombre.

Papá asintió y lo dejó pasar.

Guio al hombre a la sala de estar. Yo estaba despatarrado en una esquina del sofá.

—¿Es este? —preguntó el hombre, señalándome. Su gorra verde llevaba estampadas las palabras SERVICIO TÉCNICO—. ¿Cuál es el problema?

Mamá exhaló un largo suspiro.

—Nos está volviendo locos —dijo—. Le está fallando mucho la memoria.

—¿A mí? ¿La memoria? ¡A mi memoria no le pasa nada! —grité.

El técnico se me acercó con paso rápido. Me habían acorralado. No tenía escapatoria.

Estaba totalmente atrapado.

Tenía demasiado miedo para moverme o para hablar.

El hombre me agarró del brazo y deslizó una tapa en mi muñeca, dejando al descubierto un compartimento. Dentro había una placa metálica, con las palabras: ROB-10 MODELO INFANTIL X-45 J.

—Es un modelo muy nuevo —explicó el técnico—. A este robot lo programaron la semana pasada.

—Lo sé —dijo mamá—. Teníamos un ROB-8. Funcionó de maravilla durante seis años. Era un niño estupendo, pero se estropeó la semana pasada. Compramos un ROB-10 para sustituirlo.

—Nos prometieron que este modelo tendría la misma memoria que nuestro primer robot niño —señaló papá—. Dijeron que se acordaría de nosotros y de todos los detalles de nuestra vida, como un niño de diez años de verdad.

—Pero este ROB no se acuerda de nada —protestó mamá—. Casi todos sus recuerdos están mal.

—No es más que un error de programación —dijo el técnico—. Son cosas que pasan.

—¿Puede arreglarlo aquí? —preguntó mamá.

El técnico negó con la cabeza.

—Lo siento, tendré que llevarlo al taller.

Metió la mano por debajo de mi camiseta y me palpó la espalda hasta que encontró mi panel de control.

Pulsó unos botones y la oscuridad me envolvió.

R.L. STINE

LAS AVENTURAS DE MENGUAMÁN

R.L. STINE

LAS AVENTURAS DE MENGUAMÁN

Traducción de Carlos Abreu

B DE BLOK

Barcelona • Madrid • Bogotá • Buenos Aires • Caracas • México D. F.
Miami • Montevideo • Santiago de Chile

Título original: *The Adventures of Shrinkman*
Traducción: Carlos Abreu
1.ª edición: mayo 2013

© 2000 Parachute Press
© Ediciones B, S. A., 2013
   para el sello B de Blok
   Consell de Cent 425-427 - 08009 Barcelona (España)
   www.edicionesb.com

Publicado originalmente en los Estados Unidos por Amazon Publishing 2012.
Esta edición se publica por acuerdo con Amazon Publishing.

Printed in Spain
ISBN: 978-84-15579-41-0
Depósito legal: B. 8.427-2013

Impreso por Bigsa
Av. Sant Julià 104-112
08400 - Granollers

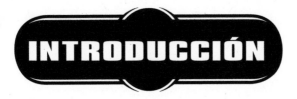

INTRODUCCIÓN

POR R. L. STINE

La gente siempre me pregunta de dónde me vienen las ideas. Por lo general, no sé qué responder a esa pregunta. Pero sé de dónde saqué la idea de *Las aventuras de Menguamán*. Fue una idea robada... a mí mismo.

Cuando mi hermano Bill y yo éramos críos, nuestros padres medían nuestra estatura cada mes. Nos colocábamos con la espalda contra la pared, lo más rectos posible. Tomaban la medida con un metro y trazaban una marca con un lápiz justo encima de nuestras cabezas.

Yo a veces intentaba hacer trampa poniéndome de puntillas, pero siempre me pillaban. No sé por qué eso nos divertía tanto a Bill como a mí, pero me encantaba

ver cómo ascendían por la pared las marcas a lápiz conforme crecíamos.

Un día, cuando yo tenía diez u once años, mi madre se quedó mirando la marca que acababa de hacer. Tenía los ojos abiertos como platos.

—No me lo puedo creer. Eres dos centímetros más bajo.

—¿Qué? —jadeé.

—¡Te has encogido! —gritó Bill con una carcajada.

—Déjame ver —dije. Giré sobre los talones para examinar la marca en la pared.

Entonces Bill y mamá rompieron a reír. Me estaban gastando una broma.

No me hizo ninguna gracia. Me puse a pensar qué pasaría si empezara a encoger de verdad.

A los diez años, ya escribía cuentos. Fui a mi habitación, me senté frente a mi máquina de escribir grande y negra y comencé a escribir una historia sobre un niño menguante. La ideé como una historieta, con dibujos y bocadillos de pensamientos.

Me encantaba leer historietas cuando era un chaval, e intentaba dibujar las mías propias. Luego se las enseñaba a mis amigos. Recuerdo que les gustó mucho la que escribí sobre unos niños que encogen hasta tener el tamaño de insectos.

También recuerdo que Bill y yo no éramos los únicos a los que nos gustaba medir nuestra estatura. A muchos chicos les preocupaba saber si serían altos o bajos. La mayoría quiere tener más o menos la misma estatura que el resto de la clase.

Creo que esta es una razón por la que las historias sobre gigantes y personas diminutas son populares desde hace muchos, muchos años.

Me acuerdo de una película que se estrenó cuando yo era adolescente y que reflejaba mi temor a encogerme. Se llamaba *El increíble hombre menguante*.

En esta peli, un hombre está tomando el sol en un barco cuando una bruma extraña lo rodea. Queda cubierto de una especie de purpurina. Más tarde, mientras conduce su coche, le rocían insecticida. Poco después, empieza a encoger.

Descubre horrorizado que cada vez es más pequeño. Cuando queda reducido a solo un metro de estatura, capta el interés del país entero. Cuando solo mide quince centímetros, se ve obligado a vivir en una casa de muñecas. Pero no está a salvo allí. El gato de la familia le ha echado el ojo. Está hambriento y decidido a irrumpir en su casita para comérselo.

Eso daba mucho miedo.

Al año siguiente, Hollywood estrenó una película

que era una respuesta a *El increíble hombre menguante*. Se titulaba *El ataque de la mujer de cincuenta pies*.

En esta cinta, una señora atraviesa en coche una burbuja radiactiva gigantesca y empieza a crecer. Pronto llega a medir cincuenta pies (quince metros), y es lo bastante grande para aterrorizar a toda la ciudad y vengarse del canalla de su marido. A decir verdad, no daba mucho miedo, pero resultaba bastante gracioso.

Mi película favorita sobre personas que se hacen pequeñitas es *Cariño, he encogido a los niños*. El padre, que es un científico chiflado, reduce por accidente a sus dos hijos y a dos niños vecinos al tamaño de insectos.

No los ve. Los barre y los tira a la basura. Los chicos, que ahora son minúsculos, tienen que enfrentarse a peligros terribles mientras se abren paso por una jungla de césped para cruzar el patio trasero y llegar a su casa.

La película es desternillante y terrorífica a la vez. Por eso me gusta tanto.

Después de ver tantos filmes y programas de televisión en los que los personajes encogían o se convertían en gigantes, decidí escribir yo también una de esas historias. Así fue como me vino a la mente *Las aventuras de Menguamán*.

Me acordé de lo mucho que me gustaba dibujar his-

torietas cuando estaba en quinto grado. Por eso decidí que Danny fuera un dibujante. Dibuja cómics sobre un famoso superhéroe del cine llamado Menguamán. Pero todo se vuelve demasiado real cuando el propio Danny empieza a encoger.

¿Por qué le sucede esto? No tiene la menor idea, pero se le ocurre una pregunta aún más terrorífica: ¿continuará haciéndose más y más pequeño hasta desaparecer para siempre?

RL Stine

CAPÍTULO 1

Megan Burleigh apartó la vista de sus vasos de precipitados y sus tubos de ensayo y me miró, entornando sus ojos de color castaño claro. Frunció el ceño y
los hoyuelos en sus mejillas redondas se hicieron más
profundos.

—¿Qué haces, Danny? —preguntó—. ¿Dibujas otro
cómic sobre ese tipo que se encoge?

Yo estaba inclinado sobre la mesa de laboratorio,
perfilando con el lápiz una capa larga y ondeante.

—Se llama Menguamán —dije con un suspiro—.
No «ese tipo que se encoge».

Megan lo llama así solo por molestar. Sabe que hay
dos cosas que me obsesionan: el baloncesto y Mengua-

mán. Sabe que dibujo historietas de Menguamán siempre que tengo un rato libre.

Y no lo soporta.

A Megan no le gusta que yo haga cosas que ella no sabe hacer. Megan es la persona más competitiva que he conocido. Le gusta ganar. Le gusta ser la mejor en todo.

«¿De qué sirve ser un perdedor?», dice.

Me llamo Danny Marin, y no soy un perdedor. Simplemente soy distinto de la mayoría de los chicos de quinto grado.

Cuando no estoy en el patio practicando mates de baloncesto, me gusta quedarme en mi habitación dibujando cómics de Menguamán durante horas. Si lo hago despacio y concentrándome, puedo dibujar a Menguamán casi tan bien como Duke Barnes. Duke es el artista que lo creó.

También voy a ver todas las películas de Menguamán. Supongo que mi favorita es *Menguamán contra Mr. Grande*. También me encantan los efectos especiales de *Una pequeña sorpresa para Menguamán*, aunque el final es bastante tonto.

Lo digo porque no se puede mantener a Menguamán encerrado en un frasco de mermelada. Recuperaría su tamaño normal y rompería el vidrio.

Le escribí una carta al respecto a Duke Barnes, pero no me respondió.

Mis padres dicen que podré ir a la escuela de arte este verano. Solo tengo once años, pero si sigo practicando, tal vez cuando cumpla los veinte sea lo bastante bueno para hacerme cargo de la historieta. O, por lo menos, para ayudar a Duke Barnes a dibujarla.

Eso sería alucinante.

—Danny, se supone que tendríamos que estar trabajando en nuestros proyectos de la feria de ciencias —dijo Megan. Sujetó un tubo de ensayo contra la luz para estudiarlo. Estaba lleno hasta la mitad de un líquido morado.

—Yo ya estoy trabajando en el mío —repuse, coloreando la capa de Menguamán—, pero es una pérdida de tiempo, Megan. Todo el mundo sabe que tú ganarás la competición y te llevarás el premio de mil dólares.

—Claro que ganaré. —Se echó hacia atrás el cabello color miel que le caía sobre los hombros de su camiseta azul—. Me muero de ganas de quedarme con ese dinero.

Tiró el líquido morado en el fregadero del laboratorio. Emitió un siseo antes de desaparecer por el desagüe.

—No puedes entregar un cómic como proyecto de

ciencias —dijo Megan—. El señor Clarkus no lo permitirá de ninguna manera.

El señor Clarkus es el profesor de ciencias de la escuela primaria de Baker. Parece una ballena grande y patosa. Su barriga fofa siempre sobresale por debajo de su camisa.

No le caigo bien. Creo que es porque un día me oyó llamarlo Clarkus Carcasa.

Todo el mundo lo llama así, pero fue a mí a quien oyó decir ese apodo. Desde entonces, solo saco cincos en ciencias.

Megan empezó a verter un líquido transparente en uno azul hirviente.

—¿En qué consiste tu proyecto? —le pregunté, olfateando. Tenía un olor un poco ácido.

Sus ojos oscuros centellearon. Movió los dedos sobre sus labios, como cerrando una cremallera.

—No puedo decírtelo.

—Perdona, ¿cómo que no puedes decírmelo?

—Se trata de un preparado secreto que sorprenderá al mundo. Si te digo lo que es, echaré a perder la sorpresa.

Me reí.

—Ni siquiera sabes lo que estás haciendo, ¿verdad?

El líquido burbujeó en el vaso de precipitados. Una sonrisa se desplegó en su cara.

—Por supuesto que sé lo que estoy haciendo; ya te lo he dicho, mi bisabuela era una bruja.

Puse los ojos en blanco.

—Sí, claro.

Me miró con desdén.

—Yo al menos no intento colar una historieta como un proyecto de ciencias.

Alcé los dibujos para mostrárselos.

—Es muy científico. ¿Lo ves? Menguamán se hace lo bastante pequeño para explorar un cerebro humano. Luego, a medida que viaja por las diferentes partes del cerebro, explico qué función tienen.

Megan sacudió la cabeza.

—Es absolutamente penoso.

—Es un buen proyecto —insistí—. Se lo describí a Clarkus Carcasa y dijo que...

Oh, no.

Primero vi una sombra muy grande que me cubría. Luego vi al señor Clarkus de pie frente a la mesa de laboratorio.

Tenía el entrecejo fruncido. La mirada severa. Los dientes apretados.

¡Me había oído!

Solté un grito ahogado... y me tragué el chicle.

Se me quedó pegado a la garganta. Empecé a atra-

gantarme. Megan me palmeó la espalda con fuerza, pero el chicle no salía.

Yo tosía y jadeaba, luchando por llevar aire a mis pulmones.

Megan me pasó un vaso de agua que estaba sobre la mesa. Me lo llevé a los labios y bebí.

Dio resultado. El chicle me bajó hasta el estómago. Por fin podía respirar.

Inspiré profundamente varias veces, esperando a que el corazón dejara de latirme a toda velocidad.

—Danny, ¿te encuentras bien? —preguntó el señor Clarkus, observándome con sus ojos azules y fríos como el mármol.

—Sí, estoy bien.

—Entonces acompáñame —dijo, señalando la puerta del laboratorio con su mano pálida y fofa—. Creo que tú y yo tenemos que hablar.

CAPÍTULO 2

—¿De qué quería hablar contigo el señor Clarkus? —preguntó Megan.

—No quiero hablar de eso —gruñí.

Era la tarde del día siguiente, sábado, y Megan y yo íbamos caminando al multicine Baker para ver la nueva película de Menguamán: *La mayor aventura de Menguamán.*

Yo ya la había visto dos veces, pero quería que Megan la viese también.

Mi padre es el proyeccionista del multicine Baker. Eso significa que proyecta las películas de las ocho salas.

Es un trabajo bastante duro. Tiene que ir de una sala a otra continuamente para asegurarse de que la imagen esté enfocada y todo marche bien.

Podríais pensar que, como mi padre trabaja allí, me dejan ver las películas gratis. Pero tengo que pagar como todo el mundo.

Cruzamos la calle Mill, y el cine apareció tras la esquina siguiente. Había unos niños sentados en el bordillo, frente a la taquilla, pero no había una cola larga.

En realidad, las películas de Menguamán no son muy populares. No conozco a nadie aparte de mí que vaya a verlas tres o cuatro veces. Muchos chicos opinan que un superhéroe que puede reducirse al tamaño de un bicho es una tontería. Encoge tanto que apenas resulta visible.

Eso es porque el presupuesto para efectos especiales en esas películas no es muy elevado. No tienen mucho dinero para darle una apariencia real.

Hace falta una buena imaginación para apreciar los filmes de Menguamán.

Mientras nos acercábamos al cine, Megan me dio un codazo juguetón en las costillas.

—¿Y bien? ¿Qué te ha dicho?

Me detuve.

—¿Te refieres a Carcasa? Me ha dicho que poner apodos a las personas es cruel y que debería llamarlas por su nombre.

Los ojos de Megan se clavaron en los míos.

—¿Y qué más?

Suspiré.

—Ha dicho que mi proyecto de ciencias deja mucho que desear y que tengo que pensar uno mejor.

Me sentó fatal cuando Megan sonrió, como diciendo «ya te lo advertí». Es una buena amiga, pero a veces me gustaría pegarle un buen puñetazo.

—Dice que si no espabilo para empezar a sacar mejores notas, le dirá al entrenador Gray que me expulse del equipo de baloncesto. —Pensar en eso me ponía de mal humor. Me aparté de ella—. ¿De verdad tenemos que hablar de ese tema? —pregunté—. No tengo muchas ganas de hablar de Carcasa ahora mismo. ¿No podríamos disfrutar la película sin más?

Ella se encogió de hombros.

—Por mí, no hay problema.

Compramos las entradas y nos dirigimos a la sala. Megan compró un cubo enorme de palomitas. Es tan competitiva que siempre tiene que conseguir el cubo más grande que vendan en el cine. También compró una bolsa gigantesca de palos de regaliz.

Yo no tenía hambre, pero me detuve al ver una máquina expendedora que estaba contra la pared, casi oculta en la oscuridad de las sombras.

Me acerqué y leí el rótulo escrito con letras azules sobre la superficie negra de la máquina. Menguamán Cola.

—¡Qué guay! —exclamé.

Me agaché para echar un vistazo por la ventanilla situada en la parte delantera de la máquina. Tras el vidrio, vi una botella azul y negra con el logotipo de Menguamán, que tan bien conocía. Menguamán Cola.

Tenía que probarla.

Saqué un dólar de mi cartera y lo introduje en la ranura cromada.

La máquina emitió unos tintineos y golpes metálicos, y una botella salió rodando por la parte de abajo.

Megan puso los ojos en blanco.

—No puedo creer que hayas gastado dinero en eso, Danny. ¿Tienes que comprarte todo lo que lleve escrito la palabra Menguamán?

—Seguramente —respondí.

Desenrosqué el tapón de la botella de Menguamán Cola. El líquido oscuro ascendió burbujeando hasta la boca del envase.

Antes de que se derramara, me la llevé a la boca y tomé varios tragos largos.

—¡Puaj! —Me entraron ganas de escupir—. ¡Esto está malísimo! —exclamé. Solté un gruñido y puse cara

de asco—. Es bastante amargo. ¡Tiene... tiene un sabor muy raro!

Megan se rio.

—Tal vez por eso tienen la máquina aquí, escondida en un rincón.

Yo no dejaba de tragar saliva para intentar quitarme ese horrible sabor de la boca.

—¿En qué estaría pensando Duke Barnes? —chillé. Tiré la botella medio llena en una papelera—. Puaj.

Entramos en la sala y nos sentamos en la tercera fila. Me zampé cuatro de los palos de regaliz de Megan, pero eso no me ayudó a librarme del repugnante sabor a Menguamán Cola.

Me volví hacia atrás para comprobar si mi padre estaba en la cabina de proyección. Aunque las luces estaban encendidas, no lo vi.

Las luces del cine se atenuaron. Los avances de los próximos estrenos aparecieron en la pantalla. Ya los había visto todos. Deseé poder saltármelos y pasar directamente a la película.

Cuando *La mayor aventura de Menguamán* por fin empezó y el superhéroe cruzó la pantalla volando con su reluciente capa azul, apoyé los pies en el respaldo que tenía delante y me recosté para disfrutar la peli.

—Su capa es de talla única —susurró Megan.

Ja, ja. ¿Tenía idea de lo malas que eran sus bromas sobre Menguamán?

Cogí un puñado de palomitas de su cubo, con la vista fija al frente, en la pantalla.

La película me gustó aún más la tercera vez.

La gran escena en la que Menguamán se escondía en el bolsillo de la camisa del gánster era alucinante. Y cuando se encogió hasta el tamaño de una sandía y comenzó a trepar por la nariz del gánster, todos los que estábamos en la sala nos pusimos a aplaudir y a dar gritos de entusiasmo.

Todos menos Megan, en realidad.

—¿No te ha parecido una pasada? —pregunté, avanzando por el pasillo mientras desfilaban los títulos de crédito.

Ella se encogió de hombros.

—No está mal, pero es un poco difícil de creer.

Nos detuvimos frente a los escalones que subían a la cabina de proyección. Los ojos negros de Megan se clavaron en mí. Se notaba que estaba concentrada, pensando en algo.

—Danny, ¿no crees que Menguamán es tal vez una pérdida de tiempo?

La miré, pestañeando.

—¿A qué te refieres?

—Bueno..., podrías estar fuera, entrenando para el baloncesto —respondió—. El equipo ha puesto muchas esperanzas en ti...

—¿Qué tiene que ver Menguamán con el baloncesto? —pregunté—. Me paso el día entrenando para el baloncesto. Pero Menguamán es mucho más importante. Es...

—Pero si te tomaras en serio el baloncesto y te esforzaras mucho, ¡los Tigres podrían ganar el campeonato de la ciudad de este año! —declaró Megan.

Sacudí la cabeza.

—Ganar no lo es todo en la vida —dije—. ¿Es que no piensas en otra cosa? ¿Solo te importa ganar, ganar, ganar?

—Pues claro. —Se volvió y empezó a subir la escalera, con su cabellera rubia rebotando sobre su espalda.

La seguí, pensando en el baloncesto. «Entreno un montón —me dije—. No defraudaré al equipo.»

Encontramos a mi padre en la cabina de proyección rodeado de máquinas que runruneaban. Alzó la vista de un enorme rollo de película y nos dedicó una breve sonrisa.

Papá y yo nos parecemos mucho. Los dos somos altos y más bien fornidos. Los dos tenemos una mata de pelo lacio y rubio que no se deja dominar por el peine o el cepillo.

—¡La peli me ha encantado la tercera vez! —le comenté—. A Megan no le ha gustado, pero yo creo que es la mejor de todas.

—Estoy a punto de proyectarla de nuevo —dijo papá—. ¿Te quedarás para la siguiente sesión, Danny?

Sacudí la cabeza.

—Mamá dice que tengo que ir a casa.

Bajé la mano para hacer girar un disco de metal.

—Será mejor que no toques eso —me advirtió papá—. Es una rueda de rebobinado. La necesito para...

—¡Eh! —exclamé. La rueda metálica se había desprendido de la máquina, sin dejar de girar. Cayó al suelo con gran estrépito y atravesó rodando la angosta cabina.

Me abalancé tras ella.

—¡Danny... cuidado! ¡No lo hagas!

Cuando oí el grito de papá... era demasiado tarde.

Pasé corriendo frente al proyector.

El rayo de luz blanca me dio de lleno.

Noté su calor.

Era de un blanco cegador, tan intenso y caluroso...

Me tambaleé hacia delante, apartándome de la luz.

Tenía una sensación muy rara. Estaba aturdido...

Aturdido por la extraña luz blanca.

CAPÍTULO 3

El domingo al atardecer, el sol apenas sobresalía por encima de los árboles cuando me dirigí a toda prisa hacia el patio con mi camiseta y mi pantalón corto de deporte. Las sombras largas caían sobre la cancha de baloncesto, cerca del edificio del colegio.

El entrenador Gray había convocado a los Tigres a un entrenamiento de fin de semana. El torneo municipal pronto empezaría, y teníamos que estar preparados para enfrentarnos a nuestro principal rival, Stern Valley, un colegio del otro extremo de la ciudad.

No encontré al entrenador por ningún sitio, pero vi que Rommy, Jake y un par de chicos más estaban calentando, practicando regates cortos y tiros en bandeja.

—¡Pero si es Danny Fiera! —exclamó Rommy—.
¡Se te ve en forma!

Jake me hizo un gesto con el pulgar hacia arriba.

Atravesé la cancha trotando. Rommy me lanzó una
pelota.

La atrapé y comencé a botarla sin aminorar el paso.
Corrí hacia él, hice una finta a la derecha, otra a la izquierda, y tiré.

Fallé.

La pelota ni siquiera pasó cerca del tablero.

—El entrenador no vendrá —anunció Jake—. Está
enfermo.

—No lo necesitamos —dijo Rommy—. Ya cono-
cemos la rutina.

—¡Aúpa, Tigres! —gritó alguien desde las gradas.
Me puse la mano en la frente para proteger mis ojos del
sol cada vez más bajo, y vi a algunos chicos desperdi-
gados allí arriba. Supuse que no tenían nada mejor que
hacer que mirarnos mientras entrenábamos.

—¡Eh, Rommy! ¡Es hora de demostrar quién manda!
—gritó una niña pelirroja que hacía bocina con las manos.

—¿Es tu hermana pequeña? —preguntó Jake a Rommy, que asintió.

—En teoría tendría que estar cuidándola. Pasad de
ella. Es un auténtico incordio.

El sol descendió aún más. Las sombras cubrieron la cancha de baloncesto.

—Empecemos —dije con un escalofrío.

No hacía frío. ¿Por qué de pronto me sentía destemplado?

Hice botar la pelota, pasándola de una mano a otra, entre las piernas, primero más deprisa, luego más despacio.

El balón parecía pesar más de lo normal, como si no estuviera bien inflado. Tenía que lanzarlo con fuerza contra el suelo para que subiera de nuevo hasta mi mano.

Me estremecí de nuevo. «Espero no estar enfermando», pensé.

Nos conté: éramos siete. Cinco titulares y dos suplentes. Hicimos otros ejercicios de calentamiento y luego nos colocamos en fila para practicar tiros libres.

Por lo general, soy muy preciso en los tiros libres, pero, por alguna razón, aquel día todos mis lanzamientos se quedaban cortos.

—¡Más energía! —gritó Rommy—. Más energía, todo el mundo. Esforzaos un poco más. —Estaba imitando al entrenador Gray—. ¡Vamos, Danny Fiera! ¡Encesta de una vez!

Siempre terminábamos los entrenamientos con una competición de mates. Nos turnábamos para recibir un pase aéreo con un buen salto y lanzar la pelota con fuerza hacia abajo a través del aro.

—¡Encesta de una vez! —oí que gritaba la hermana de Rommy desde las gradas.

—¿Tiene idea de baloncesto? —le pregunté a él.

Negó con la cabeza.

—No creo.

¿Quién era esa que estaba sentada en la última grada? ¿Era Megan?

Me alisé el pantalón corto y me volví justo a tiempo para pillar un pase alto de Jake.

—¡Atento, Danny Fiera!

Regateé a Rommy y le devolví el balón a Jake con un pase.

—De acuerdo. Listo —anuncié.

Suelo ganar los concursos de mates. Aunque los demás jugadores son todos de sexto grado, soy el chico más alto del equipo. Mido casi metro ochenta, y sigo creciendo. Mi padre mide metro ochenta y siete. Cree que tal vez yo llegue a ser más alto que él.

Jake se situó a la izquierda del tablero, sujetando la pelota a la altura de la cintura con las dos manos, preparado para pasarla. Me coloqué en la línea de tiros li-

bres y respiré hondo. Flexioné las rodillas unas cuantas veces, como para probar su elasticidad.

Y entonces eché a correr.

Jake lanzó el balón muy arriba.

Salté con todas mis fuerzas para atraparlo y arrojarlo hacia abajo a través de la red.

—¡Aaaay! —grité cuando mis manos golpearon el tablero de madera maciza por debajo del aro.

La pelota rebotó contra la parte inferior.

Caí al suelo, con las dos manos doloridas.

—¿Qué ha pasado, Danny? —Rommy se acercó corriendo—. Ni siquiera has estado cerca de encestar.

—Esto... supongo que he saltado demasiado tarde —me excusé, secándome el sudor frío que tenía en la nuca.

—Apenas te has despegado del suelo.

—Hay que repetirlo —insistí. Boté el balón para pasárselo a Jake—. Lánzalo más alto esta vez. Voy a volar.

Con el corazón acelerado y las manos escocidas, regresé a la línea de tiros libres.

«Tranquilo, Danny —me dije—. No has saltado bien. Son cosas que pasan.»

Inspiré profundamente y exhalé despacio.

—Listo —le grité a Jake.

Arranqué a correr hacia el aro.

Jake tiró la pelota al aire con energía.

Brinqué... y me alejé del suelo. Volaba alto..., cada vez más alto.

Mis brazos se extendieron hacia el balón... que se me escapó por muy poco. Mis manos quedaron vacías.

El salto solo me había elevado hacia la mitad de la altura del aro.

Y cuando empecé a descender, oí unos gritos —gritos y chillidos— provenientes de las gradas.

CAPÍTULO 4

Perdí el equilibrio al tocar el suelo. Me tambaleé y caí de rodillas.

Algo me sujetaba los tobillos.

Hubo un estallido de gritos y carcajadas en las gradas, detrás de mí.

—¡No puede ser! ¡No puede ser! —oí que exclamaba la hermana de Rommy.

Se me habían caído los pantalones.

Me quedé mirando mis calzoncillos, y luego el *short* de baloncesto blanco que me rodeaba los tobillos. Noté que se me encendía el rostro. Sabía que me había ruborizado.

Cuando me agaché para subirme los pantalones, vi

a Megan en lo alto de las gradas. ¡Me estaba observando a través de unos prismáticos! «¿A qué viene eso?», me pregunté.

Rommy me dio una palmada en el hombro, con una sonrisa de oreja a oreja.

—Buen tiro, campeón. ¡A ver si puedes repetirlo!

Jake seguía riéndose, doblado en dos, con las manos apoyadas en las rodillas.

Intenté ajustarme el pantalón. Lo notaba muy suelto en torno a la cintura.

—El... el elástico debe de haberse dado de sí —murmuré.

Los solté y empezaron a deslizarse de nuevo hacia abajo. Así no había quien entrenara.

—Os veo luego, chicos —dije.

Sujetándome los *shorts* con una mano, me alejé de la cancha y eché a andar hacia casa a toda prisa. Los chillidos y las risotadas resonaban todavía en mis oídos.

—¡Eh, Danny! ¡Espérame!

Al volverme, vi que Megan corría detrás de mí, con los prismáticos botando delante de ella.

Solté un gruñido. No me gustó la sonrisa perversa que tenía en los labios.

Me alcanzó y su sonrisa se ensanchó, de modo que se le formaron hoyuelos en las mejillas.

—¿Son de tu padre esos pantalones?

Apreté el paso.

—Ja, ja. Que me parto.

Ella empezó a trotar para no quedarse atrás.

—Me parece que te veo más bajito. Tal vez por eso no has podido saltar muy alto.

—No digas tonterías —refunfuñé.

Ella soltó una risita.

—Tal vez estás convirtiéndote en Menguamán.

—Tal vez tú estás convirtiéndote en una idiota —dije con rabia.

Enfilé el camino de acceso a mi casa pisando fuerte. No estaba de humor para Megan o para sus bromas ridículas. Empecé a subir la escalera de entrada... y tropecé con el escalón.

—¡Ay! —Me raspé la rodilla contra el asfalto.

¿Por qué me parecían más altos los escalones?

Me volví hacia atrás y vi que Megan tenía los ojos fijos en mí, estudiándome.

«¿Qué está pasando? —me pregunté—. ¿Por qué tengo esta sensación tan extraña?»

CAPÍTULO 5

Aquella noche no podía dormir. Me preocupaba que tal vez estuviera enfermando.

«Tal vez me esté dando la gripe o algo así —decidí—. Por eso no he podido saltar tan alto como de costumbre.»

Me levanté de la cama, encendí la luz y me senté frente a mi mesa de dibujo. Saqué una hoja en blanco y me dispuse a dibujar una nueva historieta de Menguamán.

Tras reflexionar durante cerca de un minuto, escribí las letras del título: «Menguamán Crece.» Comencé a delinear la primera viñeta. Menguamán, del tamaño de un ratón, se enfrentaba al ataque de un cuervo gigante.

Era un dibujo bastante bueno, pero yo bostezaba sin parar y los párpados me pesaban como si fueran de acero.

Así que apagué la luz y, agotado, me acosté de nuevo.

Amanecí en el suelo, junto a la cama.

No era algo muy preocupante, sucede a menudo. Me muevo mucho mientras duermo. Me caigo de la cama sin siquiera despertarme.

Me incorporé y me quité las pelusas de la moqueta que se me habían quedado pegadas al pelo. Entonces me puse de pie.

—¡Caray! —El pantalón de mi pijama cayó al suelo—. No me lo puedo creer —mascullé.

Aparté el pijama a patadas y comencé a vestirme. Me puse una camiseta y unos vaqueros anchos.

Un momento. Esos vaqueros nunca me habían quedado TAN anchos. ¿Y por qué me cubrían los pies las perneras?

«Tal vez estás convirtiéndote en Menguamán.» Las palabras de Megan me vinieron a la mente.

«Eso es una tontería como una casa», me dije.

Pero ¿por qué me venían grandes los vaqueros?

Crucé la habitación hasta el espejo de la cómoda.

—¡Eh! —¿Alguien había colocado el espejo más alto?

«Tiene que tratarse de una broma», comprendí.

Esa era la explicación. Megan había convencido a mis padres de que participaran en una de sus bromas ridículas.

Habían elevado el espejo y habían dejado unos vaqueros más grandes en la parte superior de la cómoda.

«Se han hartado de oír hablar de Menguamán todo el rato, así que intentan hacerme creer que estoy encogiéndome. No es más que una broma», me dije.

Me ajusté el cinturón unos cuantos agujeros para ceñirme los vaqueros.

«Pues yo también puedo seguirles el juego. Voy a fingir que no me he percatado de nada», decidí.

Después de peinarme, bajé a toda prisa para desayunar. Cuando entré en la cocina, vi a Megan sentada a la mesa del desayuno. Pasa mucho tiempo en nuestra casa. La comida es mucho mejor que en la suya.

—¡Ahí va! —Me miró con los ojos desorbitados—. Danny, ¿estás perdiendo peso?

«No voy a morder el anzuelo», me dije.

—No, estoy bien —respondí—. ¿Dónde están mis padres?

—Me han pedido que te diga que han tenido que salir temprano esta mañana.

Me senté enfrente de Megan y me serví un vaso de zumo de naranja. ¿Por qué pesaba tanto el envase?

—Tienes un aspecto un poco extraño —insistió Megan, observándome como si fuera un espécimen de insecto. Si hubiera tenido una lupa, se la habría acercado al ojo.

—Que no, que estoy bien —dije otra vez.

«Estoy bien, estoy bien», repetí para mis adentros.

Pero ¿por qué parecía mucho más grande el vaso de zumo? ¿Lo habían cambiado mamá y papá como parte de la broma?

¿No se habían tomado demasiadas molestias para gastar una broma tonta?

«No diré una palabra —me recordé a mí mismo—. Fingiré que no he notado nada. Así les estropearé la broma.»

—¿Tienes la sensación de estar encogiendo? —preguntó Megan.

No contesté. Me comí el desayuno a toda prisa, cogí mi mochila —que me pareció mucho más grande y pesada— y salí por la puerta.

Pero la pesadilla de verdad comenzó cuando llegué al colegio.

CAPÍTULO 6

Tuve que ponerme de puntillas para beber de la fuente del vestíbulo.

Cuando abrí mi taquilla, alcé la vista hacia los libros del estante superior. Estaban demasiado altos para mí.

De pronto todos los demás chicos parecían más altos que yo, incluso los de tercer y cuarto grados.

Tuve que apretarme el cinturón dos agujeros más para que no se me cayeran los vaqueros y remangarme las perneras para no tropezar.

Cuando entré en el aula de la señorita Denver, se me escapó un grito ahogado.

¡Los pupitres parecían muy altos! Tuve que aga-

rrarme con las dos manos para encaramarme a mi asiento.

De repente, sentí frío en todo el cuerpo. Tenía náuseas. Me vinieron arcadas. Se me hizo un nudo en la garganta. Me costaba respirar.

—No es una broma —murmuré para mí.

«Me está ocurriendo algo terrible —comprendí—. Algo terrible... y real.

»Me estoy encogiendo.

»Como Menguamán. Con la diferencia de que él es un superhéroe de historieta. Y puede recuperar su tamaño normal cuando quiera.

»Yo soy real. Una persona de carne y hueso.

»Y me estoy encogiendo... a ojos vistas.»

Advertí que los otros chicos me miraban. Al principio se reían. Pero cuando se daban cuenta de que era yo —un yo cada vez más pequeño—, la risa se les cortaba al instante, y en sus rostros se reflejaba la sorpresa... y el espanto.

«No puedo quedarme aquí —decidí—. No, mientras todas las miradas estén puestas en mí, mientras mis amigos crean que me he convertido en una especie de monstruo.

»No puedo quedarme en este pupitre gigantesco, encogiéndome hasta desaparecer.

»Necesito ayuda.»

Me volví en el asiento y me descolgué hasta el suelo. El timbre aún no había sonado. Seguían entrando alumnos en la clase. Todos me contemplaban boquiabiertos y horrorizados mientras me dirigía hacia la puerta.

—¿Qué le ha pasado a Danny? —oí susurrar a alguien.

—¿No será su hermano pequeño?

Por algún motivo, me vino a la mente el partido de baloncesto contra Stern Valley. Los otros chicos contaban conmigo, pero ahora estaba hecho un renacuajo. ¿Cómo iba a ayudarlos?

Imaginé que Rommy me alzaba por la cintura y me sostenía en alto para que pudiera tirar a canasta.

Al pensar esto me estremecí. Las piernas me temblaban tanto que apenas podía caminar.

Avancé despacio por el pasillo hacia la enfermería. La enfermera me recibió con un jadeo de sorpresa y se levantó de su silla de un salto.

—¿Danny?

—No... no me encuentro bien —balbucí con voz aguda y débil—. ¿Puedo llamar a mis padres?

—Por supuesto. —Empujó el teléfono hacia mí por encima de su mesa. Tuve que ponerme de puntillas para marcar el número.

Llamé a papá al trabajo. Tardó un buen rato en ponerse al teléfono.

—Danny, ¿qué sucede?

Nunca me había alegrado tanto de oír su voz.

—No... no me encuentro muy bien. ¿Crees que podrías venir a recogerme?

Mamá también dejó el trabajo para irse a casa. Cuando papá y yo aparcamos en el camino de entrada, ella salió corriendo a recibirnos. Abrió la puerta de mi lado... y pegó un grito. Luego se llevó las manos a la cara.

—Pero si ayer estabas bien...

—Llamaremos al doctor Hayward. Seguro que accederá a vernos enseguida —dijo papá.

Vi que intercambiaba una mirada de preocupación con mamá, que tenía los ojos brillantes por las lágrimas. Se apresuró a secárselas.

—¿Por qué está pasando esto? —pregunté—. En la vida real, la gente no encoge. Solo en las historietas o en las películas.

—El doctor Hayward sabrá decirnos por qué —aseguró papá.

Mamá tragó en seco y se enjugó más lágrimas.

Me ayudaron a subir los empinados escalones para entrar en casa. Mamá se dirigió rápidamente hacia el teléfono para llamar al médico.

Noté unas manos sobre los hombros: era papá, que me guio hacia la pared próxima a la despensa de la cocina. Vi las marcas en la pared en la que medían mi estatura cada pocos meses. La más alta llegaba a metro setenta y dos.

Me volví para colocarme con la espalda contra la pared. Temblaba como una hoja. Papá se mordió el labio inferior mientras estudiaba las marcas. Salió de la cocina por unos momentos y volvió con una cinta métrica. Sin decir palabra, la extendió.

—¿Y bien? —pregunté—. ¿Cuánto mido? ¿Cuánto me he encogido?

Papá contempló la cinta con el ceño fruncido. Movió los ojos de un lado a otro, mirando las marcas que acababa de hacer en la pared y luego a mí.

—Vamos, papá —le supliqué—. ¿Cuánto mido?

Mi padre se aclaró la garganta.

—Poco menos de un metro, Danny.

—¡Qué! —chilló mamá.

—¡No! —grité.

Papá me dio un apretón en el hombro.

—No nos dejemos llevar por el pánico. Seguro que hay una explicación lógica. Seguro que...

—El doctor Hayward dice que te llevemos a su consulta ahora mismo —informó mamá.

—¡Si sigo encogiéndome a este ritmo, dentro de un par de días habré desaparecido! —gemí.

Papá me condujo hacia la puerta.

—Ven, vamos. El médico sabrá qué hacer.

—¿Estás seguro, papá? ¿Y si no lo sabe? —pregunté—. ¿Y si no lo sabe?

CAPÍTULO 7

—Nunca había visto nada parecido —dijo el doctor Hayward, sacudiendo la cabeza.

El doctor Hayward es joven y guapo, tiene los ojos verdes y brillantes, y las cejas rubias y espesas. Siempre lleva el cabello ondulado y también rubio peinado hacia atrás, para dejar despejada su bronceada frente.

Siempre he pensado que el doctor Hayward tiene más pinta de socorrista de la playa que de médico. Pero debe de ser muy bueno, pues su sala de espera siempre está abarrotada de gente.

Pero aquel día no tuvimos que esperar.

En cuanto me vio, me hizo pasar a la sala de reconocimiento. Me senté en la dura mesa de metal en ropa

interior, mientras él sacudía la cabeza, deslizando los dedos por su ondulado pelo.

—¿Notas alguna sensación rara, Danny?

Me aclaré la garganta.

—Solo tengo miedo.

—¿Dolor de cabeza? ¿El estómago revuelto?

—En realidad, no —dije.

Asintió con solemnidad.

—¿No me hablaste alguna vez de un superhéroe al que te gustaba dibujar? ¿No era un superhéroe capaz de hacerse pequeño?

—Sí. Menguamán —dije—. Pero ¿no creerá que...?

—No —me interrumpió—. No es más que una extraña casualidad.

Abrió un cajón y sacó de él un estetoscopio.

—Te haré un chequeo completo, con análisis de sangre y radiografías, a ver qué descubrimos.

—¿Voy a... seguir encogiéndome? —pregunté.

—No puedo darte una respuesta, Danny. Ojalá pudiera. Supongo que se trata de un problema glandular.

—¿Glandular? ¿Y eso qué significa?

—Te lo explicaré más tarde. Empecemos. —Me apretó el estetoscopio contra el pecho y la espalda, escuchando con atención. Luego me metió una linterna

en los oídos y los examinó durante un buen rato. Echó un vistazo a mi garganta y estudió mis ojos.

Mantenía una expresión grave. Sus cejas rubias se arqueaban tensas sobre los ojos verdes. Él no decía una palabra.

Una enfermera entró, me dio varios golpecitos en el brazo y ató un cordón elástico alrededor.

—Mira hacia el otro lado, si quieres —me dijo, alzando una aguja hipodérmica.

—No pasa nada —repuse.

Me clavó la aguja en el brazo. Observé cómo la sangre de color rojo oscuro fluía hacia el interior del tubo de cristal. La enfermera llenó cuatro tubos antes de sacar la aguja.

—Necesitamos un escáner del cerebro —declaró el doctor Hayward—. Luego te enviaré a que te realicen otras pruebas cerebrales.

Me quedé boquiabierto.

—No creerá que todo esto es un problema mental, ¿verdad?

El médico me pasó mi camisa.

—Claro que no. Solo busco un indicio, cualquier tipo de pista que explique este decrecimiento.

Se volvió y cogió una botella de vidrio de un botiquín. Desenroscó la tapa y vertió un líquido espeso azul en un vaso.

—Bébete esto.

Me llevé el vaso a la boca, pero lo bajé de inmediato. ¡Olía a rayos! Parecía zumo de mofeta.

—¿Qué es?

—Una especie de tinta, Danny. Cuando te la bebas, podremos seguir su recorrido por tu organismo a través de una máquina de rayos X. —Empujó el vaso hacia mí—. Vamos, todo para adentro. Tápate la nariz mientras bebes. Eso te ayudará a tragar.

Aguantando la respiración, me acerqué el vaso a los labios. El líquido cayó sobre mi lengua.

—Este potingue es de lo más asqueroso —dije, haciendo arcadas. Pero me pellizqué la nariz y me tomé hasta la última gota.

El doctor Hayward me sonrió.

—Muy bien. Ahora vístete, Danny. Voy a enviarte a un laboratorio que está en la otra punta de la ciudad para las radiografías. Iré a explicárselo todo a tus padres mientras te pones la ropa.

—Pero... ¿cuándo sabremos qué es lo que me pasa? —pregunté, con el repugnante regusto del líquido azul viscoso en la boca.

—Tendremos los resultados de los análisis dentro de dos o tres días —respondió—. Entonces tal vez podamos explicar... —Su voz se apagó.

—¿Dos o tres días? —exclamé—. Pero... pero... ¡para entonces tal vez haya desaparecido!

El brillo de sus ojos verdes pareció perder intensidad. Me dio unas palmaditas en el hombro tembloroso.

—Nos aseguraremos de que estés vigilado en todo momento.

Hacer las radiografías y el escáner cerebral nos llevó todo el día.

Al final, estaba tan cansado que apenas podía moverme o hablar. Papá nos llevó a casa en coche. Mamá me sostenía en su regazo, como a un bebé.

—No te preocupes, Danny —me dijo—. El doctor Hayward averiguará qué te ocurre. Luego encontrará el modo de remediarlo.

Aunque intentaba mostrarse valiente, le temblaba la voz, y las lágrimas asomaron a sus ojos una vez más.

Cuando papá enfiló el camino de entrada con el coche, vi a una persona sentada en el patio delantero.

¿Megan?

Sí. Nos saludó con la mano. ¡Y entonces caí en la cuenta de que no estaba sentada, sino de pie!

—¡Mira! —gritó—. Danny, ¿te lo puedes creer? ¡Fíjate! ¡Yo también me estoy encogiendo!

Bajé del coche de un salto y atravesé el césped corriendo hacia ella.

—Megan... ¿Por qué ha pasado esto?

Para mi sorpresa, ella rompió a reír.

Me detuve con un grito ahogado al ver que llevaba los zapatos atados a las rodillas. Tenía las piernas dobladas tras ella, sobre el césped.

No había sido más que una broma. Una estúpida broma.

—¡Levántate, Megan! —chillé, agarrándola del brazo e intentando obligarla a ponerse de pie—. ¡No tiene gracia! ¡Ni pizca de gracia!

Mamá se acercó a paso veloz, con expresión severa.

—Megan, ¿qué estás haciendo? —preguntó en tono cortante.

—Lo siento, señora Marin. Solo quería... —Megan recogió sus zapatos de la hierba y se levantó apresuradamente—. No era mi intención...

—Tenemos un problema muy grave aquí —le dijo mamá—. No es cosa de risa. Estamos muy asustados y... y... —Se mordió el labio para no llorar. Me posó una mano en el hombro y empezó a guiarme hacia la casa—. Será mejor que entremos. Adiós, Megan.

—Lo siento —repitió Megan, siguiéndonos—. ¿Puedo pasar? Quisiera hablar contigo. He...

—No creo que sea buena idea —replicó mi madre—. Tal vez en otro momento, Megan.

—Pero, señora Marin, quiero pedirles disculpas. De verdad...

—Ha sido un día muy duro para Danny —la cortó mamá—. Estoy segura de que estás muy arrepentida, pero creo que ahora le conviene estar con nosotros. —Abrió la puerta principal.

Oí un ladrido estridente.

No había tiempo para moverse ni para apartarse de su camino.

—¡*Rocky*, no! —bramé.

Nuestro corpulento setter irlandés salió disparado

de la casa entre alegres ladridos para recibirnos. Dio un brinco..., y sus patas delanteras cayeron sobre mis hombros.

Yo era demasiado pequeño para plantarle cara. Ahora pesaba más que yo. Y al erguirse sobre sus patas traseras, se alzaba por encima de mí como una torre. Me tambaleé hacia atrás y caí del escalón de entrada.

Me golpeé la espalda con fuerza contra el camino de hormigón.

Meneando el rabo frenéticamente, *Rocky* se abalanzó sobre mí.

—¡No, *Rocky*, no! —chilló mamá.

—¡Me está aplastando! —aullé. Pesaba tanto... —. ¡Socorrooo! ¡Quitádmelo de encima!

Mamá y Megan también gritaban.

Alcé los brazos para protegerme cuando *Rocky* embistió de nuevo.

Vi una sombra que se movía con rapidez. Entonces me percaté de que se trataba de papá.

Se interpuso entre el perro rampante y yo.

Rocky saltó hacia arriba, lleno de júbilo, y sus patas delanteras impactaron contra el pecho de papá.

—Buen chico. ¡Muy bien, *Rocky*! —exclamó papá. Sujetando al perro, se volvió hacia mí—. Danny, entra en la casa. Tendremos que encerrar a *Rocky* en el gara-

je hasta... hasta que recuperes tu tamaño normal. —Estaba acariciando a *Rocky*, agarrándolo por el collar—. Simplemente se alegra de verte. No se da cuenta de que...

—Ya lo sé —dije. Me encaminé hacia la casa rápidamente, siguiendo a mamá. Tenía que correr para no quedarme atrás.

—Danny, tengo que hablar contigo —gritó Megan y añadió algo, pero los ladridos de emoción de *Rocky* ahogaron su voz.

Mamá me ayudó a subir los tres escalones y a entrar en casa. Yo quería responder a Megan, pero mi madre cerró la puerta a nuestra espalda.

Exhalé un largo suspiro de alivio.

—*Rocky* es demasiado grande —dije—. ¿Por qué no tenemos un bonito y pequeño perro salchicha?

Mamá no sonrió. Me observaba con la mano en el mentón y la cabeza echada hacia atrás.

—Danny, colócate frente a las marcas del pasillo.

Noté un cosquilleo en la parte de atrás del cuello.

—¿Por qué? Me habéis medido esta misma mañana, ¿ya no lo recuerdas?

—No discutas —repuso con brusquedad.

Suspiré de nuevo y me acerqué a la pared. Coloqué la espalda contra ella, al lado de las marcas de lápiz.

Empezaron a temblarme las piernas. Todavía me dolían los hombros, allí donde *Rocky* había apoyado las patas.

No me gustó la cara sombría con que mamá examinó las marcas de lápiz.

Se le escapó un chillido débil.

—Danny... Lo siento. Lo siento mucho.

—¿Eh? ¿Por qué, mamá?

Sacudió la cabeza tristemente.

—Te has encogido cinco centímetros más.

—Oh, no —gemí—. ¿Qué vamos a hacer, mamá?

Por toda respuesta, ella negó con la cabeza.

—¿Mamá? —Tuve que levantar mucho los brazos para tomarla de la mano. La tenía fría y húmeda—. ¿Mamá?

Me dio un apretón en la mano, volviendo el rostro hacia otro lado.

Supuse que no quería que la viera llorar.

Respiré hondo. ¿Me había encogido cinco centímetros? ¿Desde aquella mañana?

¿Por qué me estaba ocurriendo esto?

¿Por qué?

CAPÍTULO 9

Decidí subir a mi habitación para intentar hacer deberes. Necesitaba pensar en otra cosa que no fuera mi estatura menguante.

Pero para poder sentarme frente a mi ordenador, tuve que apilar dos guías telefónicas sobre mi silla. Luego me agarré a los brazos del asiento y me aupé; y después tuve que estirarme al máximo para encenderlo.

De pronto el teclado me parecía ancho como un piano. Tamborileando con los dedos sobre la mesa, esperé con impaciencia a que el ordenador arrancara.

Mi minúscula mano apenas abarcaba el ratón. Lo moví e hice clic hasta que salió un zumbido de los altavoces y la pantalla se iluminó.

No sé cuánto rato pasé allí sentado. Una hora. Tal vez dos. Contemplando el ordenador. Obligándome a concentrarme. Pero era inútil.

«Bajaré a picar algo —pensé—. Luego volveré para intentarlo de nuevo.»

Pero de repente el suelo parecía estar muy abajo.

Sin duda me había encogido aún más.

¡Era demasiado pequeño para bajar de la silla!

—¡Auxilio! —grité—. ¡Mamá! ¡Papá! ¡Que alguien me ayude!

Papá llegó corriendo. Se quedó con la boca abierta al verme allí sentado.

Enseguida intentó disimular su miedo. Era demasiado tarde. Ya había visto el terror reflejado en su cara.

—Me he hecho más pequeño, ¿verdad? —pregunté mientras él me levantaba de las guías telefónicas que había sobre mi silla.

Asintió solemnemente.

—Creo... creo que sí, Danny.

Me llevó a la planta baja y me midió contra la pared. Luego sacudió la cabeza, entristecido. Mamá, que estaba de pie detrás de él, se puso muy pálida.

—¿Y bien? Dadme la mala noticia —insistí, intentando portarme con valentía. Mi voz sonaba débil y

aguda, como la de un niño de cinco años. El corazón me latía a toda velocidad contra el pecho.

—Sesenta centímetros —respondió papá con un susurro—. Ahora mides sesenta centímetros, Danny.

Solté un grito ahogado.

Al instante, mamá se me acercó. Tenía los puños apretados, y un pañuelo desechable arrugado en uno de ellos. Las lágrimas le resbalaban por las mejillas.

—Llamemos al doctor Hayward —le dijo a papá—. Tal vez tenga alguna novedad que comentarnos.

Le dio a papá el número del doctor Hayward, y él lo marcó. Esperó durante largo rato. Yo oía un timbrazo tras otro.

—Me salta el contestador —dijo papá con el ceño fruncido—. No hay nadie en la consulta.

Dejó un mensaje pidiendo al doctor Hayward que nos telefoneara lo antes posible. Luego colgó el teléfono y me miró.

—¿Dónde quieres dormir, Danny? Tal vez podríamos improvisar una camita para ti.

—No —lo interrumpí—. Quiero dormir en mi propia cama. —Tragué saliva. De pronto me acordé de las películas que había visto por televisión: aquella del hombre menguante que tiene que vivir en una casa de muñecas, y aquella otra sobre el padre que encoge sin

querer a sus hijos, que se pierden en el patio trasero.

Antes esas pelis me parecían graciosas.

Pero ya no.

—Hagáis lo que hagáis, por favor no me perdáis, ¿de acuerdo? —musité—. No me perdáis de vista.

—¡Claro que no te perderemos! —sollozó mamá. Me recogió y me abrazó.

«Pero ¿durante cuánto tiempo seguiré siendo visible para ellos?», me pregunté mientras me subían hacia mi habitación.

Mis padres me arroparon bien en la cama. Me hundí en la almohada. ¡Era casi tan alta como yo!

Dejaron encendida una de las lámparas de la cómoda para verme mejor.

—Vendremos a echarte un vistazo cada pocas horas —prometió mamá. Cuando me dio un beso de buenas noches, me sentí como un bebé.

¡Era del tamaño de un bebé!

Salieron de puntillas y cerré los ojos. Estaba muy cansado, pero me daba miedo dormirme.

«¿Y se me hago tan pequeño como un insecto?

»¿Y si desaparezco por completo durante la noche?»

Estuve dando vueltas en la cama durante horas, o eso me pareció. Preocupado. Me preocupaba quedar reducido a la nada, desaparecer para siempre.

CAPÍTULO 10

Rayos de luz amarilla se colaban entre las persianas de la habitación, inclinados hacia abajo sobre la oscuridad.

Dispersas por el suelo había varias bolas lanudas y grises que parecían ovejas sin cabeza.

Miré la luz con los ojos entornados, el corazón acelerado y el cuerpo temblando de terror.

¿El cuerpo?

Bajé la vista hacia mis manos, mis piernas, mis pies descalzos, con los dedos sobresaliendo del pantalón ancho del pijama.

—¡No he desaparecido! —exclamé. Mi voz sonó como el chillido casi imperceptible de un ratón.

No me había reducido a la nada. Pero ¿dónde estaba?

Las bolas grises relucían bajo los rayos que entraban por la ventana. Era la luz del sol, comprendí.

Levanté los ojos hacia una estructura enorme de madera y tela oscura. Se alzaba sobre mí como un hangar.

Me quedé mirándola por unos segundos antes de percatarme de que se trataba de mi cama.

Había dado tantas vueltas durante la noche que me había caído al suelo. Ahora me encontraba de pie sobre mi moqueta oscura rodeado de pelusas tan grandes como cactos. Mi cama estaba tan alta respecto a mí que no alcanzaba a ver la almohada o las sábanas.

Con un suspiro de espanto, bajé la mirada al suelo.

«Debo de ser del tamaño de un periquito —advertí—. Me encojo cada vez más deprisa. ¡Mido solo unos diez centímetros! ¿Cómo me encontrarán aquí abajo?»

No me quedaba mucho tiempo para pensar en una solución.

Oí el estruendo de unos pasos. Sonaban tan fuerte que me tapé los oídos con las manos. Las tablas del suelo se estremecían. Mis diminutos pies rebotaban en la alfombra.

—¿Danny?

Reconocí la voz de Megan. Atronó en mi habita-

ción como si saliera de un altavoz con el volumen al máximo.

—Danny, ¿estás despierto?

Sus gritos me taladraban los tímpanos. Sentía como si mi cabeza estuviera a punto de estallar.

—Megan, estoy aquí abajo —chillé. Mi voz sonaba muy débil y aflautada—. ¿Me oyes? Estoy aquí abajo.

Las enormes zapatillas deportivas se acercaron con pasos retumbantes.

Vi los calcetines blancos que sobresalían por encima de las deportivas. Me esforcé por ver la cara de Megan, pero ella era alta como una montaña y su cabeza quedaba fuera del alcance de mi vista.

—¡Megan, mira hacia abajo! ¡Mira hacia aquí! —le imploré, gritando con todas mis fuerzas.

—Danny, ¿te has escondido? —preguntó.

No me oía. Y tampoco me veía.

Y ahora se dirigía hacia mí, pisando fuerte, CLOMP, CLOMP, CLOMP, con sus zapatillas descomunales como tanques del ejército.

—¡No, por favor! —aullé—. ¡Cuidado, Megan!

Arranqué a correr para apartarme de su camino.

Vi que la zapatilla se elevaba. Vi la suela gris y acanalada cernerse sobre mí.

—¡Megan, noooo!

Alcé las manos para protegerme cuando la pesada zapatilla comenzó a inclinarse hacia mí. Más abajo...
Más abajo...
Me quedé mirándola con los dientes apretados, temblando de terror..., preparándome para morir aplastado.

CAPÍTULO 11

—¡Noooo! —Me arrojé al suelo. Caí con fuerza boca abajo. Me di la vuelta al instante. Giré de nuevo.

Y rodé hasta refugiarme debajo de la cama.

Oí el estruendo de la zapatilla al tocar el suelo.

CLOMP, CLOMP. Megan caminaba de un lado a otro con paso rápido, buscándome.

—¡Megan, aquí abajo! —¿Cómo atraer su atención?—. ¿Megan...?

Una esquina de la sábana colgaba casi hasta el suelo. Tal vez... tal vez podía agarrarme a ella y trepar hasta la cama.

Alcé las dos manos y salté. Hice un intento desesperado por asirme a la sábana.

Fallé.

Aterricé en la moqueta. Al volverme, vi que Megan se disponía a salir de la habitación.

—¡No..., espera! ¡Espera, por favor! —supliqué.

Salté de nuevo..., y conseguí abrazarme a la esquina de la sábana. Sujetándome a ella con fuerza, apretándola entre las piernas, me esforcé por subir.

Subir y subir..., centímetro a centímetro.

Pero no. No era lo bastante fuerte. Mis brazos eran tan delgados como las patas de un pájaro. Con un grito de rabia, me precipité en el vacío.

Vi un movimiento rápido, y algo me rodeó el pecho y la cintura.

—¿Danny? —Oí el grito de sorpresa de Megan.

Tenía los dedos cerrados en torno a mí. Me levantó hacia su rostro. Su enorme rostro. ¡Era como estar contemplando una gigantesca valla publicitaria con una foto de Megan!

Me vinieron a la mente unos dibujos animados que había visto muchas veces por la tele. Imaginé un gigante que se reía mientras sujetaba entre el pulgar y el índice a un ratoncito tembloroso.

—¿Danny? —Los ojos negros de Megan eran grandes como pelotas de baloncesto—. ¡Te... te has hecho tan pequeño...!

—¡No me chafes! —le rogué.

Sus dedos dejaron de apretarme tanto la cintura.

¡Podía oírme!

Se quedó con la boca abierta de asombro. Era como echar un vistazo al interior de una cueva oscura. Sus dientes asomaban tras sus labios descomunales, grandes como tejas de una casa.

—¡No puedo creerlo! —exclamó Megan, sujetándome cerca de su cara, ¡tan cerca que por un momento temí que fuera a devorarme!

—Por favor, háblame en susurros —le pedí—. Tu voz suena muy fuerte. Todo suena muy fuerte.

—Perdona —musitó—. Estás muy mono. Como un pajarito.

—No me siento mono —espeté—. Estoy muy asustado, Megan. Hace un momento has estado a punto de pisarme. Y si me encojo aún más... —Mi voz se apagó.

Me bajó un poco, alejándome de su rostro, con sus enormes ojos clavados en mí.

Alzó algo en la otra mano. Tardé unos instantes en reconocerlo. Vi unos gruesos barrotes de metal. Parecía la celda de una prisión.

—¿Una jaula? —chillé.

Megan asintió.

—Me la he traído de casa. ¿Te acuerdas de *George*, mi canario? Antes vivía en ella.

—Pero... ¡no soy un canario! —protesté.

Agarrándome por la cintura, me bajó hasta la puerta abierta de la jaula.

—Es para que estés a salvo, Danny —susurró—. Acabas de decirme que he estado a punto de pisarte.

Me dejó dentro de la jaula. El suelo de metal me dio frío en los pies descalzos. Me sujetaba el pantalón del pijama con las dos manos.

—He avisado a tus padres que la traería —dijo Megan, cerrando la puerta de la jaula—. Les ha parecido una buena idea.

Levanté la vista hacia ella entre los barrotes.

—Megan, ¿qué me sucederá? ¿Desapareceré para siempre?

—No permitiremos que eso ocurra —aseguró en voz baja—. Aquí estarás a salvo, Danny. Y todos podremos vigilarte.

Me senté con las piernas cruzadas en el suelo de la jaula, apoyando la espalda entre dos gruesas barras. Megan me llevó a la cocina.

Mis padres estaban sentados a la mesa del desayuno, con tazas blancas de café en las manos. Los dos se levantaron de un salto cuando vieron entrar a Megan con la jaula.

—Está aquí dentro —dijo, depositándola sobre la mesa—. Las he pasado moradas para encontrarlo.

Mamá soltó un grito ahogado y se tapó la boca con la mano.

Papá se quedó boquiabierto.

—¡Tenéis que hacer algo! —chillé, poniéndome de pie y mirándolos, agarrado a los barrotes como un preso—. ¡Estoy encogiendo a toda velocidad!

Antes de que pudieran responder, el teléfono sonó.

El timbre ensordecedor resonó entre las barras de metal de mi jaula.

Mamá y papá se abalanzaron hacia el teléfono. Papá fue el primero en llegar hasta él.

—¿Diga? —Se volvió hacia mamá—. Es el doctor Hayward. Sí... Sí... Sí —lo oí repetir al aparato.

El corazón me golpeaba el pecho con fuerza. De pronto, tenía las manos heladas. Asomé la cabeza entre los barrotes, intentando oír.

Finalmente, papá colgó el teléfono. Intercambió una larga mirada con mamá.

A ella le temblaba la barbilla. Se mordió el labio inferior.

—¿Qué ha dicho? —grité—. ¿Qué dice el doctor Hayward?

CAPÍTULO 12

—Quiere vernos —respondió papá—. Cuanto antes.

—¡Es una buena noticia! —exclamé—. Significa que ha encontrado un remedio..., ¿no?

Papá y mamá se miraron de nuevo.

—Tal vez —dijo él.

—No nos haría ir a su consulta si no tuviera algo bueno que decirnos —añadió mi madre con una sonrisa forzada—. ¿Tienes hambre, Danny? Te prepararé un desayuno rápido. Luego iremos a ver qué nos dice el doctor Hayward.

Yo estaba demasiado nervioso y exaltado para tener hambre. Me moría de ganas de oír la solución del

doctor Hayward. Estaba deseando recuperar mi tamaño normal.

Sin embargo, cuando mamá deslizó media fresa hacia el interior de la jaula, me la comí con avidez. Arrancaba pedazos de ella y me los llevaba a la boca.

Por supuesto, no pude comerme toda la media fresa. Después de unos bocados me sentía lleno.

—Sacaré el coche del garaje —dijo papá, encaminándose hacia la puerta de la cocina—. Y me aseguraré de que *Rocky* tenga comida y agua. Luego nos marcharemos.

—Será mejor que me vaya al colegio —dijo Megan, cogiendo su mochila, que estaba sobre la encimera—. Ya se me ha hecho tarde. El ambiente en el cole es una locura, Danny. Esta noche se celebra la feria de ciencias de quinto grado. Todos están trabajando contra reloj para terminar sus proyectos.

—Estoy seguro de que ganarás tú, Megan —grité hacia el exterior de la jaula.

Una sonrisa extraña se dibujó en su rostro. Sus ojos negros centellearon.

—Sí. Yo también estoy segura, Danny. —Se volvió hacia mi madre—. Llámenme en cuanto regresen a casa, ¿de acuerdo? Todo el mundo en el colegio está ansioso por oír que Danny se curará. —Salió de casa a toda prisa.

Mamá se agachó, acercando su rostro a mí. Vi que tenía los ojos enrojecidos. Estaba pálida y tensa. Supuse que no había dormido mucho la noche anterior.

—¿Has terminado de desayunar, Danny? —Sacó de la jaula lo que quedaba de la fresa—. Toma. Bebe un poco de zumo de naranja. Luego nos iremos.

Deslizó hacia mí un dedal, lleno hasta el borde de zumo de naranja.

Lo cogí con ambas manos y tomé unos sorbos.

—Suficiente —dije—. Venga. Andando. Estoy deseando oír la buena noticia del doctor Hayward.

—Yo... yo también —aseguró mamá, retirando el dedal y cerrando la portezuela de la jaula.

La levantó por el asa. El suelo se meció de un lado al otro y caí de rodillas. Me senté y me agarré con fuerza a la percha que oscilaba por encima de mi cabeza. La jaula daba bandazos y sacudidas mientras mamá salía de casa con ella.

El torrente de sol que entró entre los barrotes me obligó a achicar los ojos.

Oí un rugido ensordecedor y me percaté de que era el coche, que salía del garaje en marcha atrás.

Mi madre empezó a trotar por el césped en dirección al coche.

La jaula se agitó más violentamente.

Mis manos se soltaron de la percha de madera.

Comencé a resbalar sobre el suelo de metal.

Y, para mi espanto, ¡la puerta de la jaula se abrió de repente!

—¡No...! —intenté asirme a los barrotes con desesperación.

Fallé.

La jaula dio un tumbo..., y yo salí volando por la portezuela abierta.

Me precipité hacia el camino de hormigón, gritando durante toda la caída.

Me golpeé codos y rodillas contra el suelo. Me volví de inmediato hacia el coche.

—¡Mamá...!

¿Había visto que me había caído de la jaula?

No.

La miré mientras se acomodaba en el asiento del copiloto y se ponía la jaula sobre el regazo.

—¡Mamá, nooo! —aullé—. ¿No me oyes? ¡Me he caído! ¡Mamá..., no te vayas! ¡Me he caído!

La puerta del pasajero se cerró con un golpe.

Me levanté de un salto, agitando los brazos frenéticamente.

—¡Mamá, espera! ¡Esperad! —bramé a pleno pulmón.

Me quedé helado, en medio del camino de acceso, rezando por que ellos se dieran cuenta, por que vieran la jaula vacía.

Pero no.

El coche permaneció unos instantes parado, con el motor encendido. Entonces comenzó a moverse y a alejarse por el camino de entrada. Un destello del parachoques cromado me deslumbró. Los enormes neumáticos negros crujieron.

¡Y entonces comprendí que estaba a punto de ser atropellado!

CAPÍTULO 13

Atropellado.

La palabra me vino de pronto a la cabeza.

Me arrojé de bruces sobre el camino de entrada. El asfalto caliente me quemó la piel.

Coloqué los brazos debajo de mi cuerpo, cerré los ojos...

... y el coche pasó por encima de mí entre traqueteos, chirridos y el rugido del motor.

Algo en la parte de abajo del vehículo me raspó la espalda, pero no acabé aplastado. Las ruedas gruesas y negras pasaron a pocos centímetros de distancia.

—Esto de ser del tamaño de un pájaro tiene sus ventajas —murmuré para mis adentros.

Con la respiración agitada y el sudor resbalándome por la cara, me puse en pie de un salto. Giré sobre los talones. Volví a hacer señas hacia el coche desesperadamente, gritando para que regresaran.

Pero aún no se habían percatado de que la jaula estaba vacía.

Tembloroso, me quedé mirando cómo nuestro Taurus azul retrocedía hasta la calle antes de alejarse a toda velocidad.

—¿Y ahora qué? —me pregunté.

Tenía que llegar hasta la consulta del doctor Hayward, para que me curara antes de que desapareciera por completo.

Pero ¿cómo iba a llegar?

Si mis padres regresaban, ¿cómo me encontrarían?

No tenía tiempo para pensar las respuestas.

Oí un gruñido bajo.

Me volví hacia la puerta abierta del garaje.

Y vi que *Rocky* salía al trote, con el lomo arqueado, los dientes al descubierto... y los ojos clavados en mí.

CAPÍTULO 14

El enorme perro bajó la cabeza con un gruñido de advertencia. Tensó los labios, dejando a la vista dos hileras de dientes.

Me puse las manos junto a la boca, a manera de bocina.

—¡*Rocky*, soy yo! —grité—. ¡Soy Danny, *Rocky*!

Mi grito no lo apaciguó. Se puso a ladrar con furia. Hizo entrechocar las mandíbulas con un relampagueo en sus ojos oscuros.

—¡*Rocky*, no! —chillé—. ¿No me reconoces? ¿No notas mi olor?

Gruñendo de nuevo, el setter irlandés avanzó varios pasos hacia mí. ¡Desde mi altura, parecía grande como un caballo!

¿Iba a pisotearme, o a destrozarme a dentelladas?

Una vez, hace años, *Rocky* entró en la cocina con un ratón muerto. Lo había hecho trizas con las patas y los dientes. Vi cómo le arrancaba la cabeza al ratón. Todavía me acordaba del chasquido desagradable que se oyó en ese momento.

Rocky bajó la mirada hacia mí, entornando los ojos, abriendo y cerrando la boca amenazadoramente.

Tragué en seco y el estómago me dio un vuelco.

«Ahora el ratón soy yo...»

Vaciló por un momento, olfateando con ganas.

—¡*Rocky*, escúchame! ¡Échate, chico! ¡Échate!

Soltó otro ladrido estridente.

Luego levantó sus dos gigantescas patas delanteras... y saltó.

Alcé las manos para defenderme, pero no era lo bastante fuerte para apartar al descomunal perro de un empujón. Agachó la cabeza. Me agarró con la boca... y me elevó en el aire sujetándome entre sus dientes.

—¡No, *Rocky*! ¡Nooo! —berreé.

Me lanzó hacia arriba. Describí una curva por encima de la cabeza del setter irlandés y caí de nuevo sobre el camino de entrada.

—¡Aaaay! —Me golpeé el hombro con violencia. El dolor recorrió mi cuerpo.

Antes de que pudiera moverme, vi que bajaba de nuevo su enorme cabeza. Abrió las fauces de par en par y sus dientes se cerraron en torno a mí.

Mi cara y mis brazos acabaron recubiertos de una saliva cálida y pegajosa.

Entonces él volvió a lanzarme en el aire.

Salí despedido hacia arriba y luego descendí otra vez hacia el camino de acceso, dejando una estela de baba detrás de mí. El impacto fue más fuerte esta vez. Patiné sobre mi vientre.

«¡Está jugando conmigo!», comprendí.

Por el momento, solo estaba jugando. Pero ¿qué haría cuando se aburriera de jugar?

De nuevo acudió a mi memoria la imagen del ratón en la boca de *Rocky*, y volví a oír el chasquido de su cabeza cuando se la arrancó de un mordisco.

Pero *Rocky* era demasiado rápido para mí. Me recogió entre sus dientes otra vez. Me zarandeó como si fuera uno de sus juguetes de cuerda dental.

Mientras yo colgaba indefenso entre sus mandíbulas, goteando y bañado en saliva, paralizado de terror, vi que otro perro se acercaba corriendo por el jardín.

Era un perro grande y amarillo. Mostrando los dientes y con la cabeza gacha, lista para atacar, avanzaba a saltos sobre el césped, dando largas zancadas.

Rocky me apretó más entre sus dientes y soltó un gruñido al intruso.

El perro amarillo le gruñó a su vez.

Con un escalofrío de horror, comprendí que estaban a punto de pelearse por mí.

CAPÍTULO 15

Con un gruñido de rabia, *Rocky* empezó a alejarse del otro perro.

El can amarillo se abalanzó hacia delante. Yo pegué un grito cuando intentó morderme los pies.

Resollando pero sin dejar de gruñir, *Rocky* se sentó sobre sus patas traseras.

El perro amarillo pegó otro salto hacia mí.

Esta vez sus dientes se hundieron en mis tobillos.

Grité de nuevo mientras el dolor se apoderaba de mí.

«¡Oh, no! Están jugando al tira y afloja.»

Los dos animales se gruñeron amenazadoramente, rascando el suelo, mientras se turnaban para clavarme los colmillos en la piel.

Con un esfuerzo desesperado, alcé las manos y agarré a *Rocky* del morro. Le pellizqué la parte blanda y suave con todas mis fuerzas.

Rocky soltó un gañido de susto.

Abrió la boca y yo caí al suelo.

Empapado y pringoso por la saliva, corrí desde el camino de entrada hasta el parterre y me escondí bajo un conjunto de hojas gruesas y verdes.

Oí que *Rocky* olisqueaba ruidosamente. Su sombra pasó por encima del parterre.

Me asomé por un momento y lo observé olfatear al perro amarillo. Luego, lleno de alivio, vi que los dos se alejaban hacia el patio de atrás, trotando el uno al lado del otro.

«Menos mal que los perros tienen tan poca capacidad de concentración», pensé.

Tras secarme con la mano las babas de perro que tenía en la barbilla y el cuello, comprobé si estaba herido. Tenía algunos cortes en las piernas, pero nada grave. Mi pijama estaba empapado y hecho jirones. Me limpié los pies descalzos con una hoja.

Eché un vistazo hacia fuera para asegurarme de que no hubiera moros en la costa. Luego me encaminé hacia el patio delantero a través del parterre.

Suspiré al darme cuenta de que sin duda me había

encogido aún más. Las briznas de hierba me llegaban a la cintura. «Ahora soy del tamaño de un gorrión —calculé—. ¿Cómo diablos llegaré a la consulta del doctor Hayward?»

Con la mano a modo de visera, dirigí la vista hacia la calle. ¡De pronto, nuestro patio delantero parecía tener un kilómetro de largo!

«Voy a necesitar ayuda —decidí—. No puedo cruzar toda la ciudad yo solo. ¡Tardaría años!»

Oí el ruido del motor de un coche. El pulso se me aceleró. ¿Y si eran mamá y papá? ¿Habían regresado a por mí?

Me puse de puntillas para mirar por encima de unas hierbas altas. Exhalé un suspiro de desilusión al ver pasar una furgoneta roja.

«Tal vez pueda llegar hasta una parada de autobús —me dije—. Quizá podría subir al autobús que atraviesa la ciudad. Me dejaría muy cerca de la consulta del médico.»

Parecía un plan razonable.

Eché a andar hacia la calle, apartando las briznas de césped con ambas manos.

Había dado solo cuatro o cinco pasos cuando oí un chirrido cercano.

Luego, un susurro de hojas y un sonido de algo que rascaba.

Me detuve a escuchar.

La cortina de hierba que tenía delante se abrió de pronto.

Una figura se abalanzó hacia mí. Una figura verde que parecía hecha de palo.

Un saltamontes.

Casi tan alto como yo, se irguió, haciendo chasquear sus finas patas. Abrió su boca redonda y escupió una gota de una sustancia negra y pringosa sobre mi pecho.

—¡Aaah! —grité, más por miedo que por dolor.

Intenté retroceder, buscando con ansia un sitio donde esconderme o una vía de escape.

Pero el saltamontes se movió con rapidez.

Su cuerpo delgado se arqueó frente a mí. Levantó una pata verde y brillante.

Me golpeó con ella, tan fuerte que caí al suelo.

Acto seguido se colocó sobre mí y bajó la cabeza hacia mi garganta, listo para matar.

CAPÍTULO 16

Agarré desesperadamente una de las patas del insecto con las dos manos. Era cálida y dura como la pinza de un cangrejo. Aferrándome a la pata, me levanté del suelo y me balanceé para salir de debajo del bicho.

Este abrió su boca redonda y escupió de nuevo. Esta vez conseguí esquivar la sustancia negra y pringosa, que pasó volando a un lado de mi cara.

Tiré de la pata del insecto con todas mis fuerzas. Tiré y tiré hasta que logré derribarlo. Entonces me arrojé sobre su espalda dura y erizada de púas. Mientras batallaba por hundirle la cara en la tierra, noté una vibración sorda debajo de mí.

Las alas del saltamontes se desplegaron de golpe.

Las batió con rapidez de modo que salí despedido del lomo del insecto y caí boca abajo sobre la hierba.

Me incorporé sobre las rodillas y oí que el saltamontes hacía chasquear las patas. El chasquido me recordó el de un tallo de apio al romperse.

El animal de pronto se agazapó y se me acercó dando grandes saltos.

Intenté apartarme de su camino a gatas, pero se me echó encima con demasiada rapidez.

Sus patas delanteras me punzaron la espalda. Fue como si unos dardos se me clavaran en la piel.

Solté un grito e intenté alejarme rodando.

Sin embargo, el insecto gigantesco me atacó de nuevo. Me abofeteó con sus patas duras como el hueso. Me picó en el pecho y en los brazos.

Traté de huir, tambaleándome de dolor.

Para mi sorpresa, empecé a deslizarme cuesta abajo, por un empinado túnel de tierra. ¿Un agujero en el suelo?

Perdí el equilibrio y descendí rodando sin parar sobre el barro oscuro, alejándome cada vez más de la luz del sol. Dirigiéndome hacia una oscuridad profunda.

Aterricé sobre mi espalda, sobre algo blando.

¡Había caído sobre un ser vivo!

CAPÍTULO 17

Noté el calor de los cuerpos palpitantes que tenía debajo. Sus ondulaciones me hacían subir y bajar.

Algo me arañó la cara. Noté que una cosa pesada me subía por el pecho.

Intenté ponerme de pie, pero me encontraba sobre un mar de criaturas que se movían de un lado a otro con rapidez. Caí de rodillas otra vez.

Sentí el cosquilleo de unas patas diminutas que trepaban por mi espalda.

Presa del terror, luché por levantarme de nuevo.

¿Qué eran aquellas criaturas? ¿A qué profundidad había ido a parar?

El destello de un rayo de sol —breve como un relámpago— respondió a mi pregunta.

Durante aquel instante de luz, vi la hormiga gigante que tenía en el pecho, las hormigas en las paredes del túnel, la alfombra de hormigas bajo mis pies.

¡Hormigas tan grandes como perros!

Una oleada de pánico recorrió mi cuerpo. Abrí la boca para gritar..., ¡y una de las hormigas me metió su cabeza redonda y peluda en la boca!

Tosiendo, asfixiándome, la aparté de un empujón.

Me quedó el regusto del animal en la lengua. Era un sabor metálico y ácido.

Agarré una hormiga que correteaba sobre mi barriga y la arrojé a un lado. Luego, desesperado, comencé a andar a cuatro patas, cogiendo hormigas y apartándolas de mi camino, apoyando las rodillas sobre sus espaldas suaves y cálidas.

Avancé entre ellas a codazos. Me sacudí una del cuello. Me arranqué otra de la pierna.

Continué gateando hasta que llegué a la tierra. Acto seguido, empecé a escalar por la pared del hormiguero, hundiendo las manos en la tierra blanda y húmeda, como un insecto que busca la luz.

¡Sí! Lo conseguí. Salí al resplandor intenso del sol, rodeado de la hierba brillante del jardín delantero.

Me puse de pie y me quité con la mano la tierra de las manos, la cara y el pijama desgarrado. Dirigí la vis-

ta por encima del jardín hacia la calle, que parecía tan lejana.

«Me da igual lo lejos que esté —decidí—. Me da igual cuánto tarde. Voy a llegar hasta la calle. Y voy a llegar hasta la consulta del doctor Hayward para que me cure.»

Me quedé mirando mis pies descalzos, cubiertos de tierra y arañazos. «Ojalá tuviera zapatos... Pero ¿quién fabrica zapatos para chicos del tamaño de un ratón?»

Empecé a abrirme paso por el jardín entre las briznas de hierba, en dirección a la calle. Tenía la sensación de estar atravesando una densa jungla.

No sé cuánto tiempo transcurrió, pero cuando llegué por fin a la acera, sentía un dolor punzante en las piernas y los brazos, y tenía el cuerpo empapado en sudor.

Bajé a la calzada por el bordillo. El asfalto caliente me quemó los dedos de los pies, pero no me importó.

«Si he logrado llegar a la calle —me dije—, podré llegar a la parada de autobús.»

Me volví y eché a andar a paso veloz, con el bordillo —alto como un muro de hormigón— a mi derecha.

Con una mano me sequé el sudor del rostro y me protegí los ojos del sol deslumbrante. Este brillaba alto en el cielo cuando finalmente llegué a la parada de autobús de la esquina. El asfalto relucía como la plata.

Dos señoras cargadas con grandes bolsas de la compra aguardaban en la parada a que apareciera el autobús urbano de color azul y blanco.

Me aupé a la acera. Luego me escondí tras una lata de refresco que alguien había tirado sobre la hierba y me puse a esperar.

Unos minutos después, el autobús se aproximó y frenó con un chirrido. Salí de detrás de la lata de refresco... y se me cayó el alma a los pies.

El autobús se alzaba hacia el cielo, alto como un rascacielos.

Se oyó un siseo y la puerta se abrió. La primera de las dos mujeres comenzó a subir a él.

Contemplé horrorizado el primer escalón. Estaba muy por encima de mi cabeza.

Me habría sido imposible encaramarme de un salto, o incluso agarrarme a él para izarme con los brazos. Necesitaba ayuda.

Me acerqué corriendo a la segunda señora. Levanté la vista hacia su larga cabellera rubia, que colgaba sobre su blusa blanca hasta sus vaqueros azules ajustados. ¡También parecía medir un kilómetro de estatura!

—¡Ayúdeme! —grité, con las manos a modo de bocina—. Por favor, ¿podría ayudarme a subir al autobús?

No me oyó. Apoyó el zapato izquierdo en el peldaño inferior y extendió el brazo hacia la barandilla.

—¡Por favor! —aullé.

Subió el otro zapato al escalón inferior..., y en ese momento se le cayó el billete, que rodó hasta caer sobre la acera.

Me aparté de un brinco para que el billete no me aplastara. ¡Era tan grande como una tapa de alcantarilla!

La mujer se volvió, bajó del autobús y se agachó para recogerlo.

Comprendí que era mi última oportunidad.

Se me ocurrió una idea desesperada.

«Saltaré hacia su pierna. Me agarraré con fuerza a sus vaqueros, y ella me subirá al autobús.»

Refunfuñando entre dientes, la señora cogió el billete de la hierba. Luego dio media vuelta y se dirigió de nuevo hacia el autobús.

Respiré hondo y arranqué a correr.

Vi que levantaba el pie derecho hacia el peldaño inferior.

Sin dejar de acelerar, golpeteando la acera con los pies descalzos, extendí los dos brazos hacia delante.

Me impulsé con fuerza hacia su pierna izquierda.

Intenté aferrarme a sus vaqueros...

... y fallé.

CAPÍTULO 18

—¡Ooooh! —Un grito de espanto brotó de mi pecho. Mis manos arañaron el aire.

Comencé a resbalar hacia abajo por la pierna de la señora.

Alzó el pie hacia el escalón del autobús. Mientras me deslizaba, oí el sonido metálico del billete cuando ella lo introdujo en la ranura de la caja de pago.

Caí con un golpe sordo en su zapatilla deportiva blanca..., y me agarré desesperadamente a los cordones. Me sujeté fuerte con las dos manos mientras ella subía un escalón tras otro hasta la plataforma del autobús. Yo aguantaba las sacudidas, como si estuviera montado sobre un potro salvaje en un rodeo.

Los nudillos se me pusieron blancos cuando me aferré con más fuerza a los cordones mientras ella avanzaba por el pasillo y se sentaba frente a la puerta posterior.

—¡Síii! —grité con alegría. Tenía ganas de alzar los puños en el aire, pero me aterraba la posibilidad de caerme de la zapatilla.

El autobús se apartó del bordillo con un rugido. Miré hacia delante. Solo alcanzaba a ver la parte inferior de los asientos. El autobús parecía larguísimo, como un trasatlántico.

—¡Ahí va! —exclamé, sorprendido, cuando la mujer comenzó a cruzar las piernas.

Vi que su pie derecho se elevaba hacia el izquierdo.

A punto de ser aplastado, solté los cordones y me lancé en picado hacia el suelo del autobús. Rodé hasta ponerme a salvo, debajo del asiento. Me agarré a la pata de metal durante el resto del trayecto.

Horas después, cuando llegué frente a las puertas cristaleras de la consulta del doctor Hayward, estaba al borde del llanto. Me sentía tan contento, tan aliviado, tan cansado...

Saltar desde el peldaño inferior del autobús había sido la experiencia más aterradora de mi vida. Sin contar el tira y afloja entre los dos perros, el combate con-

tra el saltamontes o la caída en medio de una colonia de hormigas.

Cruzar la calle más transitada de la ciudad tampoco había sido precisamente coser y cantar. La había atravesado corriendo despavorido, como una ardilla asustada.

Y ahora estaba allí, de pie frente a la consulta del doctor Hayward. Mi siguiente reto consistía en pasar al otro lado de la puerta.

Tuve que esperar durante largo rato a que saliera una persona de tamaño normal. Luego tuve que entrar como una flecha antes de que la puerta me chafara al cerrarse.

Llegué a la sala de espera y alcé la mirada hacia los sillones y sofás. Estaban vacíos. No había nadie esperando.

¿Dónde estaban mamá y papá?

Muy por encima de mí, la pecera borboteaba con suavidad. Noté que el estómago empezaba a hacer ruido también. De pronto me sentí mareado.

¿No estaban esperándome allí mis padres? ¿Dónde se habían metido?

Oí una tos que venía del fondo de la sala. Vi a Carla, la ayudante del doctor Hayward, sentada tras la mesa de recepción, alta como un edificio.

Corrí por debajo de la mesa de centro hacia la re-

cepción, llamando a Carla a voces. Pero ella estaba hablando por teléfono.

—Lo siento, el doctor estará fuera de la ciudad esa semana... —No me oía.

Miré alrededor, angustiado. ¿Cómo captar su atención? ¿Cómo conseguir que me viera?

Me fijé en un paraguas negro que estaba apoyado en un rincón. Si lograba escalarlo hasta el mango, estaría a una altura suficiente para que Carla me viera.

Me acerqué al paraguas. Se elevaba ante mí como un árbol. No sería fácil trepar por él. Pero estaba cerca del remedio a mi problema..., tan cerca que no podía rendirme ahora.

Me así con ambas manos a la tela negra y comencé a subir a pulso. Tenía las manos mojadas, y la tela del paraguas era lisa y resbaladiza.

Ascendí poco a poco, rodeando con las piernas las varillas metálicas de debajo de la tela. Mis manos no dejaban de resbalar, y yo me deslizaba hacia abajo una y otra vez.

A medio camino, me solté sin querer y empecé a caer. Mis piernas se cerraron con fuerza en torno al paraguas. Me quedé colgado..., aguantándome por las piernas. Luego, lentamente, jadeando y sudando, logré enderezarme.

Cuando alcancé la punta de metal que sobresalía de la tela negra, tuve que detenerme a descansar. A continuación, extendí el brazo y palpé con los dedos el lustroso mango de madera.

También era muy resbaladizo. Pero sabía que si conseguía auparme hasta su parte superior, Carla podría verme con toda seguridad. O al menos oírme.

Desde la punta del paraguas, empecé a ascender por el grueso mango marrón.

Me faltaba poco para llegar..., muy poco.

Y, de pronto, allí estaba, cansado y sin aliento, pero de pie sobre el mango del paraguas. Erguido y lo bastante alto para que cualquiera pudiera verme.

«¡Lo he conseguido! ¡Lo he conseguido!»

Con la respiración agitada y el corazón acelerado, me volví hacia la recepción, listo para llamar a Carla.

Y vi que ella ya no estaba.

CAPÍTULO 19

Su silla estaba retirada de la mesa y vacía.

Solté un grito... y perdí el equilibrio. Me tambaleé hacia delante, a punto de caerme del paraguas.

Entonces oí un alarido. Un estridente alarido de terror.

Al girar sobre los talones, vi a Carla ante mí, con las manos en las mejillas, la cara de color rojo encendido y la boca abierta en otro chillido agudo.

La puerta de la sala de reconocimiento se abrió, y el doctor Hayward, con el estetoscopio oscilando de un lado a otro sobre el pecho, salió precipitadamente.

—Carla... ¿qué demonios te ocurre?

Ella no respondió. Se limitó a señalarme con la mano temblorosa.

El doctor Hayward posó una mano tranquilizadora sobre el hombro de su uniforme blanco.

—No pasa nada —le aseguró con suavidad. Se agachó y acercó su cara hacia mí, tanto que percibí en su aliento el olor a menta de su colutorio—. ¿Danny? —susurró—. ¿Danny? ¿Tanto has encogido?

Asentí con tristeza.

—He... he venido tan deprisa como he podido. Mis padres...

—Tus padres están desesperados —me interrumpió—. Han estado buscándote por todas partes. Los dos están muertos de preocupación.

—Me he caído de la jaula —le expliqué—. He venido corriendo. Pero ha sido tan difícil...

—Será mejor que los llame —dijo el doctor Hayward. Descolgó el auricular del teléfono que había sobre la mesa de Carla. Ella estaba en el centro de la sala de espera, cruzada de brazos, contemplándome con incredulidad.

—Doctor Hayward —dije—. ¿Ha encontrado un remedio para mi problema? ¿Podrá curarme enseguida?

No respondió. Se apretó el teléfono contra la oreja y escuchó.

—Parece que no están en casa, Danny. Tal vez hayan...

La puerta de la sala de espera se abrió de golpe, y mis padres irrumpieron en la sala, resollando. Mi madre estaba despeinada. Tenía la cara blanca como la harina. A papá se le habían salido del pantalón los faldones de la camisa. Tenía los ojos hinchados y enrojecidos. Él fue el primero en verme.

—¡Danny! ¿Estás aquí?

—No puedo creerlo —suspiró mamá—. ¿Estás aquí? ¿Sano y salvo? —Se abalanzó hacia mí y me cogió. Me depositó sobre la palma de su mano y deslizó un dedo por mi espalda, del mismo modo que solía acariciar a mi hámster—. Danny, mi pobre Danny —musitó. Una lágrima descomunal cayó de su rostro y estalló contra su palma, junto a mí.

—Lo sentimos mucho —se lamentó papá, sacudiendo la cabeza—. Cuando hemos viso que la jaula estaba vacía, no... no sabíamos qué hacer.

—Tranquilo —le dije—. Por fin estamos aquí. Empecemos con el tratamiento. No me gusta mucho estar sentado en la mano de mamá.

Seguimos al doctor Hayward al interior de su consulta. Se situó detrás de su enorme mesa y nos indicó con un gesto que nos sentáramos frente a él, pero mis padres dijeron que preferían quedarse de pie.

Yo estaba sentado en la palma de mi madre, con las

piernas cruzadas. El corazón me latía a toda velocidad. El suspense me resultaba insoportable.

—Bueno, ¿cuál es la cura? —le pregunté al doctor Hayward—. ¿Qué tengo que hacer para volver a ser grande?

El doctor Hayward exhaló un largo suspiro. Encorvó los hombros y sacudió la cabeza.

—Lo siento, Danny. Os he hecho venir porque he considerado que era mejor daros la mala noticia en persona. No hay cura.

CAPÍTULO 20

Papá me llevaba entre sus manos cuando salió de la consulta del médico. Mamá sollozaba con tanta fuerza que no estaba en condiciones de sujetarme. Mi padre no decía una palabra. Se había mordido el labio hasta hacerse sangre.

Yo ahora era más diminuto que un ratón. Mi tamaño era más o menos el de una chocolatina pequeña.

Al principio, cuando oí la mala noticia, me entraron ganas de llorar, pero supongo que estaba demasiado aturdido para ello.

En la palma de mi padre, parpadeé ante la luz deslumbrante del exterior. Atravesamos el aparcamiento y nos detuvimos junto al coche.

El sol brillaba con tanta intensidad que tuve que cerrar los ojos.

Cuando me los tapé con las dos manos, me vino una idea a la mente.

Una idea estrambótica. Una idea estrambótica, demencial.

Pero tal vez era justo el tipo de idea que necesitábamos en ese momento.

—¡Papá! —le grité—. ¡Oye, papá!

Me levantó para acercarme a su cara. Entonces me percaté de que él también había estado llorando.

—¿Qué sucede, Danny? —jadeó.

—Papá, se me ha ocurrido una idea de locos. Algo que tal vez me ayude a crecer. O al menos a dejar de encogerme.

—Vayamos a la sombra —gimió mamá.

Subimos al asiento delantero del coche. Mi padre hizo girar las llaves en el contacto y encendió el aire acondicionado. La brisa fresca contra mi piel ardiente resultaba agradable.

Papá me sentó en el volante. Yo era tan bajito que solo me colgaban los pies por el borde.

—¿Qué idea es esa, Danny?

—Veréis... —Respiré hondo—. La luz intensa me ha recordado tu proyector de cine.

Papá entornó los ojos.

—¿Eh? ¿Mi proyector?

Asentí.

—Acabo de acordarme de algo que sucedió. Megan y yo fuimos a ver la película de Menguamán. Luego subimos a la cabina a visitarte.

—Sí, sí, lo recuerdo —dijo papá con impaciencia.

—Pues estabas proyectando el filme de Menguamán cuando yo pasé sin querer por delante del proyector. ¿Te acuerdas de eso?

Mi padre asintió.

—Continúa.

—Danny, ¿por qué nos cuentas todo esto? —preguntó mamá con voz llorosa.

—Bueno..., la luz del proyector me dio de lleno —proseguí, entusiasmado—. Me produjo un efecto de lo más raro. Una sensación extraña. Me dejó como aturdido. Justo después de eso, empecé a encoger.

Papá se rascó la cabeza.

—No lo entiendo. ¿Qué intentas decirnos?

—Que hay una posibilidad... solo una posibilidad... —empecé— de que la luz me hiciera algo. Ya me entendéis. Que modificara mis moléculas o algo así. Y tal vez si vuelvo a colocarme frente al proyector, esto invertirá el proceso y yo empezaré a crecer de nuevo.

Con un suspiro, mamá se tapó la cara con las manos.

—Pero ya hemos quitado la película de Menguamán de la cartelera —repuso papá, con el ceño fruncido y mordiéndose el labio herido.

—¿Qué peli proyectáis ahora? —pregunté.

Reflexionó por un momento.

—*El ataque de la mujer de cincuenta pies.*

—¡Es perfecto! —exclamé—. ¡Genial! —Junté las manos en un gesto de súplica—. Tenemos que intentarlo, papá. ¡Por favor!

Acababa de empezar la sesión de las cinco. Solo había diez o doce espectadores en la sala.

Papá me sostenía en la mano mientras subía los escalones empinados que conducían a la cabina de proyección. Mamá nos seguía en silencio. No había dicho una palabra desde que papá había accedido a mi propuesta.

Ernie Rawls, un hombretón rubicundo y de aspecto jovial, estaba sustituyendo a mi padre durante el día. Papá lo saludó y le preguntó cómo iba todo.

—Bastante tranquilo —respondió Ernie.

Mi padre se inclinó hacia él y le dijo algo en un su-

surro bajo. Aunque no alcancé a oírlo, supuse que estaba explicándole a Ernie lo que planeábamos hacer.

El proyector runruneaba tras nuestras espaldas, lanzando su rayo de luz hacia la pantalla. Me asomé por otra abertura hacia la sala y vi a la Mujer de Cincuenta Pies destruyéndolo todo.

Papá me aproximó a su cara.

—De acuerdo, probémoslo —musitó—. Voy a sujetarte frente al haz del proyector, Danny.

—Solo por unos instantes, papá —le indiqué—. La primera vez solo estuve expuesto durante un par de segundos.

Mi padre asintió.

Me volví para ver cómo se encontraba mamá, pero estaba apoyada en la pared, con el rostro oculto en las sombras.

—Dará resultado, papá —aseguré mientras él se situaba junto al gran proyector—. ¡Sé que dará resultado!

—Vamos allá —dijo él.

Levantó el brazo despacio. Me colocó delante del rayo luminoso.

De nuevo, quedé bañado en la luz blanca, deslumbrado, paralizado..., aturdido.

CAPÍTULO 21

Parpadeé varias veces, sacudiendo la cabeza para intentar despejarla mientras mi padre me apartaba del haz de luz. Me dejó encima de la mesa de trabajo. Mamá, Ernie y él se inclinaron hacia mí, mirándome fijamente. Esperando...

Observando...

Nada ocurrió.

Al cabo de un rato dejé de ver chiribitas. El aturdimiento se me pasó también. Examiné mis brazos y piernas en busca de alguna señal de que estuvieran creciendo.

No encontré ninguna.

—Tal vez sea cuestión de tiempo —dijo papá.

Mamá tenía las manos apretadas contra los lados de la cara.

—La última vez no empezaste a cambiar enseguida, ¿verdad? —preguntó.

—Sí —respondí desanimado—. Tardé un poco. —Pero sabía que la idea había fracasado. No notaba ninguna sensación distinta. Sabía que no iba a crecer.

«Estoy perdido —pensé, echándome a temblar. Me abracé con fuerza para detener el tembleque—. Estoy perdido...»

Las horas transcurrieron con lentitud. Por la noche seguía sin cambiar.

Mis padres me habían metido de nuevo en la jaula, que estaba sobre la mesa de la cocina. Mamá me dio de cenar unas hebras minúsculas de atún entre dos migajas de pan. Bebí zumo de naranja en el dedal, que empezaba a pesar demasiado para que pudiera levantarlo.

Papá se había pasado toda la tarde hablando por teléfono, llamando a médicos de todo el país. Tenía la esperanza de dar con alguno que ideara alguna manera de evitar que yo acabara reducido a la nada.

Cerca de una hora después de la cena, mis padres entraron en la cocina y se agacharon para hablar conmigo. Advertí que se habían vestido para salir.

—Hemos encontrado a un especialista del hospital

de la otra punta de la ciudad a quien se le ha ocurrido una idea —anunció mamá.

—Quiere hablar con nosotros antes de verte —añadió papá—. Regresaremos antes de una hora.

—¿Estarás bien? —preguntó mamá.

Yo estaba sentado en el suelo de la jaula con la barbilla apoyada en las manos.

—Sí. Descuida —murmuré.

—No pierdas la esperanza —dijo mi madre con la voz entrecortada. Los dos me enviaron besos con la mano y se marcharon por la puerta de la cocina. Oí que el coche arrancaba y se alejaba por el camino de entrada.

Me puse de pie y comencé a caminar de un lado a otro. Ahora era tan pequeño que no alcanzaba la percha que colgaba por encima de mi cabeza.

—Voy a desaparecer para siempre —susurré.

Un sonido procedente de la sala de estar me hizo parar. Inmóvil en el centro de la jaula, escuché.

Oí que la puerta principal se abría y que unos pasos sigilosos se acercaban por el pasillo.

Los pasos de alguien que intentaba pasar inadvertido.

—¿Quién anda ahí? —grité. Mi voz sonaba tan débil que supe que fuera de la jaula resultaba inaudible—. ¿Quién anda ahí? —chillé de nuevo.

Más pisadas suaves. Una tos amortiguada.

¿Quién se había colado en mi casa? ¿Un ladrón?

Un escalofrío me bajó por la espalda. Corrí hasta los barrotes y me asomé entre ellos.

Una figura entró rápidamente en la cocina.

—¡Megan! —exclamé—. Megan..., ¡cuánto me alegro de que seas tú!

Creo que no me oyó. Recorrió la cocina con la mirada hasta que localizó la jaula. Acto seguido, atravesó la habitación a toda prisa para cogerla.

La jaula se balanceó bruscamente, y yo caí al suelo.

—¡Eh, ten cuidado! —grité.

—Tranquilízate, Danny —me dijo—. Voy a llegar tarde. —Sujetando la jaula en alto ante sí, empezó a trotar hacia la puerta principal.

—¿Tarde? —protesté—. ¿Cómo que vas a llegar tarde? ¡Detente, Megan! ¿Adónde me llevas?

Sin soltar la jaula, salió de casa y cerró de un portazo. Era una tarde fría y ventosa. Una ráfaga me empujó contra los barrotes.

—¡Megan, para! —supliqué—. ¡Devuélveme a donde estaba! ¡Tengo que quedarme en casa! ¿Por qué me haces esto?

La jaula oscilaba violentamente mientras ella se dirigía a paso ligero hacia el camino de acceso.

—Esta noche se celebra la feria de ciencias —me explicó—. Necesito que estés allí.

—¿Eh? ¿Me necesitas? ¿Por qué?

Se detuvo y me alzó para acercarme a su cara. Sus ojos negros centellearon con entusiasmo.

—¿No lo entiendes, Danny? ¡Tú eres mi proyecto de ciencias!

CAPÍTULO 22

Lancé un grito de sorpresa. La jaula reanudó sus tumbos y sacudidas cuando Megan echó a andar de nuevo en dirección al colegio.

—¿Yo? —exclamé—. ¿Yo soy tu proyecto? ¡No... no lo entiendo, Megan!

—Eres mi proyecto de ciencias —repitió, cruzando la calle sin reducir la velocidad—. Te lo dije: tengo que ganar ese premio. Esos mil dólares me vendrán de perlas.

—Pero... pero... —balbucí—. ¿Me estás diciendo que tú eres la que me ha hecho encoger?

—Claro —respondió con serenidad.

—¿Cómo? —exigí saber.

—En el laboratorio de ciencias. Ese líquido que te

bebiste cuando te atragantaste con el chicle. Creías que era agua, pero era mi fórmula secreta.

Yo estaba temblando tanto que apenas podía hablar. Estaba conmocionado, furioso y aterrado a la vez.

—¿Fo... fórmula secreta?

—Mi bisabuela Hester escribió la receta en su diario. Y yo he heredado su diario. Ya te he hablado de la bisabuela Hester. Vivió hace como cien años. Te dije que era bruja.

Me dejé caer sobre el suelo de la jaula, de pronto demasiado débil para tenerme en pie.

—No puedo creer que me hayas hecho esto, Megan. Creía que eras mi amiga.

La escuela Baker apareció más adelante. Todas las luces estaban encendidas a causa de la feria de ciencias.

—Claro que soy tu amiga, Danny —dijo Megan.

—¡Pero has dejado que me haga más y más pequeño! —bramé—. Sabías qué me estaba ocurriendo desde el principio.

—Tengo que ganar ese dinero —dijo en tono cansino.

Me agarré a los barrotes y clavé los ojos en ella.

—Pero ¿qué pasará después de la feria? —grité.

En la penumbra del atardecer vi que una sonrisa extraña se dibujaba en los labios de Megan.

—Yo me ocuparé de ti —susurró.

CAPÍTULO 23

—¿Y en qué consiste tu proyecto, Tim?

El señor Clarkus y los otros tres jueces estaban de pie, al otro lado de la mesa. Habían ido de mesa en mesa en el gimnasio del colegio, examinando cada uno de los proyectos, haciendo preguntas a los estudiantes acerca de ellos.

Ahora tenían la vista fija en el terrario de vidrio que Tim Parsons había traído.

—¿Eso es un conejillo de Indias o una rata blanca? —preguntó el señor Clarkus.

—¿Por qué están perdiendo el tiempo con Tim? —murmuró Megan, de pie tras mi jaula—. ¿Por qué no vienen de una vez y me dan el premio?

—Es una rata blanca —dijo Tim al profesor—. Mi estudio es sobre cuál es la dieta más adecuada para las ratas. Alimenté a una rata únicamente con verduras, y a la otra únicamente con cereales.

Los jueces contemplaron el terrario de cristal.

—Pero, Tim, aquí solo veo una rata —señaló uno de ellos.

—Lo sé. La otra murió —explicó Tim—, así que no pude concluir el experimento.

Desde mi jaula, en el otro extremo de la mesa, vi que Tim sacaba la rata blanca de su caja.

—Esta es la que comió cereales.

«Es el doble de grande que yo —pensé con tristeza—. Cuesta de creer. Soy más pequeño que una rata blanca.» Sacudí la cabeza y cerré los ojos. Los abrí al oír un chillido de susto.

Entonces vi que la rata blanca saltaba de las manos de Tim.

—¡Cogedla! —gritó el señor Clarkus.

Tim hizo un intento desesperado por atraparla... y falló.

Otras manos trataron de agarrar a la rata, pero era demasiado rápida para ellos. Sus patas rosadas patinaban y resbalaban mientras correteaba frenéticamente sobre la mesa.

—No... —chillé cuando vi que venía directa hacia mi jaula.

Se irguió ante mí, meneando la nariz rosa. Sus ojos comenzaron a girar cuando me vio. Abrió la boca de par en par, mostrándome dos hileras de dientes afilados.

—¡Por favor, cogedla! ¡Lleváosla! —grité.

La rata blanca siseó. Para mi espanto, asió la puerta entre sus dientes puntiagudos y la abrió de un tirón.

—¡Nooo! —gemí horrorizado cuando el animal entró en mi jaula de un salto. Di un paso hacia atrás, y luego otro, agitando los brazos como un loco para intentar ahuyentarla.

Pero debía de parecer un bocado muy apetitoso para la descomunal criatura, porque abrió las fauces y tenía la dentadura cubierta de baba brillante.

—¡Socorro! ¡Que alguien me ayude! ¡Megan! —aullé.

La rata gigante me acorraló contra los barrotes. Acto seguido, se levantó sobre sus patas traseras siseando, babeando con avidez y con los ojos girando en su enorme cabeza.

La imagen de un tiranosaurio apareció en mi mente aterrada. ¡La rata se alzaba ante mí como un dinosaurio!

Entonces se lanzó hacia mi garganta.

Cerré los ojos de nuevo.

Me preparé para sentir un dolor lacerante, cuando el roedor me destrozara la piel con sus afilados dientes.

Pero... no.

Cuando abrí los párpados, vi que Megan tenía a la rata cogida por la cola. La sujetó por encima de la mesa y se la entregó a Tim.

—Te he salvado la vida, Danny —musitó ella.

Temblando, abrí la boca para responder, pero no salió sonido alguno de mi boca.

De pronto caí en la cuenta de que los jueces ya no estaban al otro lado de la mesa. Todos se habían agachado para contemplarme desde el exterior de la jaula. Sus exclamaciones de asombro resonaban entre los barrotes.

—¿Qué demonios...? —jadeó el señor Clarkus.

—Megan... ¿qué es eso? O, mejor dicho, ¿quién es?

—No puede tratarse de tu experimento, ¿verdad?

—¡Es idéntico a Danny Marin! —declaró el señor Clarkus—. Es como un Danny Marin minúsculo.

—¡Es que es Danny Marin en persona! —proclamó Megan, orgullosa—. Utilicé una fórmula especial para encogerlo.

El señor Clarkus pegó un grito. Todos los jueces prorrumpieron en voces de admiración.

—¡Increíble! Que alguien llame a la prensa... ¡de inmediato!

—¡Es inaudito! ¡Megan, serás famosa!

—¡Llamad a las cadenas de televisión! ¡Nadie se lo creerá!

—Serás famosa. ¡Famosísima!

El señor Clarkus le entregó a Megan el cheque por valor de mil dólares.

El gimnasio entero estalló en aplausos y gritos de entusiasmo. Cientos de críos se apretujaron en torno a la mesa, ansiosos por ver el fenómeno milagroso de Megan.

El barullo era ensordecedor para mí. Las caras que me miraban fijamente me provocaron mareo y náuseas. Me senté en el suelo de la jaula, apoyé la espalda contra un barrote y me tapé el rostro con las manos.

Por primera vez, estaba más enfadado que asustado. De hecho, me había enfadado tanto que estaba a punto de explotar.

Era una locura: los gritos y exclamaciones de sorpresa, las expresiones de pasmo, los fotógrafos de prensa, los entrevistadores de la televisión.

Aquello se prolongó durante horas, o eso me pareció. Megan no dejó de sonreír en ningún momento. Era la noche de su victoria, de su gran triunfo.

Danny el Diminuto también se hizo famoso. Danny el Diminuto, el chico menguante.

Cuando todo el mundo se marchó por fin, me zumbaban los oídos y tenía la cabeza como un bombo. Las luces del gimnasio se atenuaron. El equipo de conserjes se puso a limpiar.

—Megan…, tengo que irme a casa —dije con la voz ronca—. Llévame a casa ahora mismo. Y después no quiero volver a verte ni en pintura.

Ella levantó la jaula. Sus ojos relampaguearon en la penumbra.

—No digas eso, Danny, o se me quitarán las ganas de curarte.

—¿Eh? ¿Curarme? —El corazón empezó a latirme a toda velocidad.

—Claro que voy a curarte —dijo, sosteniendo la jaula contra el pecho. Salió del gimnasio al largo pasillo de entrada—. Soy tu amiga, Danny. No dejaría que desaparecieras.

—Pero… ¿có… cómo? —susurré.

—He preparado un frasco de la poción de crecimiento de mi bisabuela Hester —contestó, entrando en el laboratorio de ciencias. Pulsó el interruptor de las luces del techo—. La bisabuela Hester te hizo pequeño, y ahora te devolverá a tu tamaño normal.

Exhalé un largo suspiro de alivio.

—¿De verdad vas a curarme?

—Por supuesto. En un periquete. —Dejó la jaula encima de una mesa y desapareció en el interior del armario de material. Unos segundos después salió de allí con un vaso de precipitados en la mano. Cuando se acercó, vi que el vaso contenía un líquido transparente—. Es la fórmula de crecimiento —dijo. Cogió un cuenco y vertió en él el líquido del vaso—. Voy a sujetarte a un lado del cuenco para que bebas —me explicó—. Bebe tanto como puedas, Danny. Volverás a tener la estatura de siempre dentro de unas horas. Te lo prometo.

—Date prisa —dije—. No soporto seguir siendo tan pequeño un segundo más.

Megan sostenía el cuenco con ambas manos. Manteniéndolo en equilibrio con cuidado, dio dos pasos hacia mi jaula.

Y tropezó con la pata de un taburete del laboratorio.

El cuenco salió despedido de sus manos y cayó con gran estrépito en una pila.

Horrorizado, contemplé cómo el líquido espeso y transparente se iba por el desagüe.

CAPÍTULO 24

—Oooooh, no. —Caí de rodillas al suelo de la jaula. El estómago me dio un vuelco. Sentí náuseas.

Megan miró el cuenco vacío que estaba en la pila.

—No... puedo... creerlo —murmuró. —Pero su expresión cambió—. Fíjate, Danny. Queda un poco en el fondo del vaso de precipitados. —Alzó el vaso de cristal—. Seguro que con esto bastará. Te has encogido tanto que no podrías beber mucho de todos modos. No eres más grande que un escarabajo.

—Da... date prisa —musité—. Por favor.

Encontró un cuentagotas. La observé mientras inclinaba el vaso e introducía el poco líquido que quedaba en el tubito de vidrio. Acercó el cuentagotas a la jaula.

—¡Ojo! —le advertí—. Ten cuidado con el taburete.

Lo rodeó. Se agachó sobre la jaula y bajó el cuenta-gotas hacia mi boca.

Sin pensarlo dos veces, apreté los labios contra la punta y bebí. Bebí ávidamente, succionando aquel líquido frío y transparente.

—Según el diario de la bisabuela Hester, empezarás a crecer al instante —aseguró Megan.

Ladeé la cabeza bajo el cuentagotas para beber un poco más. Luego di unos pasos hacia atrás, relamiéndome.

—¿Notas algo? —preguntó Megan.

Respiré hondo.

—Aún no.

—Será cuestión de segundos —dijo.

Nos pusimos a esperar.

Los segundos transcurrieron. Luego un minuto. Después dos. Tres.

Yo no crecía ni tenía una sensación distinta.

Al cabo de diez minutos, Megan y yo seguíamos mirándonos.

Nada ocurrió.

Suspirando, se dejó caer sobre el taburete del laboratorio.

—Un fracaso —susurró—. La fórmula de creci-

miento es un fracaso. —Sacudió la cabeza, entristecida—. Danny, ¿sabes lo que eso significa?

—¿Que voy a desaparecer para siempre?

—No. —Frunció el ceño, sacudiendo la cabeza—. Significa que mi fórmula reductora tampoco surtía efecto. Siempre he seguido las recetas de la bisabuela Hester al pie de la letra, pero no funcionan. No fui yo quien te hizo pequeño, Danny. Soy un fraude. Una fracasada. Cuando todos esos periodistas de la tele y los periódicos se enteren, me convertiré en una vergüenza nacional.

—Pero, Megan... —empecé a decir—, tal vez...

—Calla un poco, Danny. Déjame pensar. ¡Es terrible!

Yo no estaba de humor para compadecerme de Megan. Sabía que solo me quedaba una hora, más o menos.

—¿Estás segura de que tu fórmula no me encogió?

—Sí, estoy segura —suspiró de nuevo—. Soy un fraude absoluto.

—Entonces hubo otra causa... —dije, pensando en voz alta.

De pronto, se me ocurrió una posibilidad. La Menguamán Cola. Esa bebida repugnante que había comprado en el cine.

Si no había sido la poción de Megan, tenía que ser la Menguamán Cola. O tal vez... la mezcla de varias cosas. Primero había bebido la fórmula reductora de Megan. Luego me había tomado el refresco de Menguamán. Y luego había pasado por delante de la luz del proyector.

¡Sí! Quizá la combinación de las tres cosas había ocasionado que me encogiera.

Era una idea descabellada, tal vez absurda, tal vez equivocada del todo. Pero no tenía alternativa.

—Megan, deprisa —dije—. ¡Tienes que llevarme al cine!

Entramos corriendo en el vestíbulo. Pasaban de las diez, y estaban proyectándose las últimas sesiones del día. El vestíbulo estaba vacío. Habían disminuido la intensidad de las luces. Una chica alta y morena con uniforme de rayas rojas y blancas limpiaba el mostrador de las palomitas con un trapo.

Sujetando mi jaula ante sí, Megan atravesó el vestíbulo a paso veloz hasta el rincón donde habíamos encontrado la máquina expendedora de Menguamán Cola.

Los dos pegamos un grito a la vez.

¡La máquina expendedora no estaba allí! ¡Había desaparecido!

—Esto no puede estar pasando —murmuró Megan. Giró sobre los talones. La jaula se movía con brusquedad de un lado a otro mientras ella corría hacia el puesto de palomitas—. La máquina de refrescos... —dijo sin aliento—. ¿Dónde está? ¿Dónde?

La chica del otro lado del mostrador dejó de pasar el trapo y miró a Megan con los ojos entornados.

—¿La máquina de refrescos? ¿Cuál de ellas?

—La de Menguamán Cola. —Megan señaló frenéticamente el rincón del vestíbulo—. ¿Dónde está? ¡Necesitamos una botella!

La chica hizo una mueca.

—¿Esa bebida tan desagradable? Era asquerosa. Todo el mundo se quejaba de ella, así que devolvimos la máquina expendedora.

CAPÍTULO 25

Me entraron ganas de gritar, pero me sentía demasiado débil.

No era más grande que un bicho. Dentro de una hora, aproximadamente, sería minúsculo como una pulga.

Y después quedaría reducido a la nada.

—Ese camionero ha llegado muy tarde —le comentó la chica a Megan—. No se ha presentado hasta las diez para llevarse la máquina de bebidas, ¿os lo podéis creer? Creo que todavía está en el aparcamiento de atrás.

En cuanto oyó esto, Megan arrancó a correr, con mi jaula balanceándose violentamente junto a su costado.

—¡Oye! ¿Dónde has dejado al pájaro? —Oí que gritaba la chica de las palomitas.

Pero Megan no se detuvo. Salió disparada por la puerta del cine y avanzó a toda velocidad por la acera estrecha que conducía al aparcamiento de atrás.

El camionero, que llevaba un uniforme azul, estaba cargando la máquina de refrescos en la parte de atrás del camión. Megan le suplicó que le diera una botella de Menguamán Cola. Él se puso a discutir con ella, alegando que se le había hecho muy tarde.

Megan se sacó del bolsillo un billete de diez dólares y se lo ofreció. El hombre lo introdujo rápidamente en el bolsillo del pantalón de su uniforme. Abrió la máquina por detrás y le pasó a Megan una botella.

—No sé cómo alguien puede beberse eso —dijo.

Megan no respondió. Con la jaula en una mano y la botella en la otra, corrió hacia un lado del cine.

No había nadie a la vista. Oí la música de la película que estaban proyectando dentro.

Megan dejó mi jaula en el suelo. Desenroscó la tapa de la botella, y la bajó hacia los barrotes de la jaula, pero yo era demasiado pequeño para beber de ella.

—Toma, Danny. —Vertió un poco de la bebida marrón en el suelo de la jaula, formando un charco—. Date prisa.

Me puse a cuatro patas y acerqué la cara al charco. Comencé a beber a lengüetazos, como un perro.

Tenía un sabor horrible, pero eso me daba igual.

¿Surtiría efecto?

Noté un hormigueo fuerte en el pecho. La sensación se extendió a las piernas y los brazos.

Sentí que empezaba a estirarme.

—Megan..., será mejor que me saques de la jaula —le avisé.

Me hizo caso justo a tiempo. Mi cabeza, mi pecho, mis brazos, mis piernas..., todo estaba creciendo, agrandándose.

¡Sí! ¡SÍ!

El proceso duró menos de un minuto.

Me quedé allí de pie, riéndome, dando gritos de alegría mientras las lágrimas me resbalaban por la cara, con mi pijama hecho jirones. Volvía a tener mi tamaño de siempre. Volvía a ser normal.

Danny Marin, el Chico Normal.

Tan contento estaba que abracé a Megan.

¿Os imagináis el recibimiento que me hicieron mis padres?

Al principio se quedaron pasmados. Luego se rieron. Después me abrazaron. Y a continuación rompieron a llorar.

Lloramos todos juntos, por lo felices que estábamos.

Al día siguiente, no querían que fuera al colegio, sino llevarme a ver al doctor Hayward.

Pero tenía que ir al colegio. Era el gran día en que jugaríamos el tan esperado partido contra Stern Valley.

Y yo era la estrella del equipo. Tenía que estar allí.

Justo antes del partido, Megan me abordó fuera del gimnasio. A través de las puertas se oían los aplausos y los gritos de apoyo del público. Ambos equipos habían salido ya a la cancha a hacer ejercicios de calentamiento.

—¿Cómo te encuentras? —preguntó Megan—. ¿Te sientes bien, Danny?

Antes de que pudiera responder, noté otra vez aquel hormigueo intenso en el pecho, que volvió a extenderse por todo mi cuerpo.

—Me está pasando algo —le dije a Megan.

Y entonces salí disparado hacia arriba. Estaba creciendo de nuevo. Crecí y crecí hasta que mi cabeza chocó contra el techo.

—Danny... —jadeó Megan—. El techo está a tres metros de altura. ¡Oh, no! ¡Mides tres metros!

Tragué en seco.

—No puedo creerlo.

—Espera. Sigo teniendo la fórmula reductora en el laboratorio de ciencias —dijo Megan—. Y aún conservo lo que sobró de la Menguamán Cola. Vamos, Danny. Deprisa. Te devolveré a tu tamaño normal en un santiamén.

Empecé a seguirla. Tenía que mantener la cabeza agachada para que no rozara el techo.

Di dos o tres grandes zancadas, y entonces me detuve.

Escuché los vítores del gimnasio.

«El partido de baloncesto más importante del año está a punto de comenzar —pensé—. ¡Y yo mido tres metros!»

Di media vuelta y eché a andar, alejándome de Megan.

—Danny... ¿adónde vas? —exclamó—. ¿Danny...?

Me agaché y abrí las puertas del gimnasio con mis larguísimos brazos.

—¡Eh, chicos! —grité—. ¡Chicos! ¡Estoy listo para jugar!